꿈꾸기,
행복의 조건

꿈꾸기, 행복의 조건

지은이 | 김영란
펴낸곳 | 북포스
펴낸이 | 방현철

1판 1쇄 찍은날 | 2014년 10월 17일
1판 3쇄 펴낸날 | 2018년 7월 5일

편집자 | 이승은
디자인 | 엔드디자인

출판등록 | 2004년 02월 03일 제313-00026호
주소 | 서울시 영등포구 양평동5가 18 우림라이온스밸리 B동 512호
전화 | (02)337-9888
팩스 | (02)337-6665
전자우편 | bhcbang@hanmail.net

ISBN 978-89-91120-80-8 (03800)
값 10,000원

꿈꾸기, 행복의 조건

| 김영란 지음 |

북포스

6장 이렇게 멋진 미래가 기다리고 있다니
– 나의 미래 일기

삶을 아름답게 해주는 것들

: 20년 세월을 추억하는 자리에서

인생의 진로를 결정한 뒤 다른 길을 기웃거린 적이 없다. 이 길에서 나는 열심히 배웠고 경험했고 도전했다. 그 결과 어린이집을 개원한 지 어느덧 20년이 되었다.

지나온 날들을 생각하면 아쉬움도 있지만 행복했다. 내가 꿈꾸었던 일이고, 다른 누구의 강요나 유혹이 아닌 나 스스로 결정한 삶이었기 때문이다. 경험이 쌓일수록 보람은 깊어졌고 내가 하는 일의 진정한 의미를 발견하게 되었다. 그러다 보니 내 삶에 대해서도 돌아볼 수 있는 시선이 생겨났다. 꿈을 향해 앞만 보고 달려온 나에게 올해는 특별히 기념할 만한 해이다.

사실은 몇 년 전부터 20주년 기념행사를 마음속으로 준비해오고 있었다. 지난 20년 동안 한결같이 믿어주시고 함께해주신 여러분들께 감사하는 마음을 표현하고 싶었다. 이 행사를 위해 따로 통상까지 마련했다. 이날 행사만큼은 화환이나 축의금을 받지 않기로 결심했기 때문이다. 외부의 초청강의를 하고 받은 강사료에다 매달 얼마씩을 떼어 조금씩 돈을 모으기 시작했는데, 통장에 돈이 쌓일 때마다 남모를 행복감을 느끼곤 했다.

먼저 행사 날짜를 정한 다음 교사들과 회의를 했다. 먼저 교사들에게 20주년 행사의 의미에 대한 나의 의견을 들려주었고, 내 삶의 경험과 깨닫고 느낀 이야기들을 책으로 출판할 계획에 대해서도 말해주었다. 그 책을 행사에 참석하시는 모든 분들께 선물로 드리고 싶다는 말을 하던 중 문득 나도 모르게 목소리가 떨렸다. 선생님들의 눈빛도 떨리고 있었다.

그날 밤 회의를 마치고 집에 돌아와 교사들에게 SNS를 보냈다.
'선생님들이 있어서 마음 든든합니다. 그리고 행복합니다.'
그러자 교사들의 답장이 오기 시작했다.

• 원장님이 계셔서 저희도 자부심을 갖고 교사 생활하고 있습니다.^^ 글 쓰시는 거 기대되요!! 파이팅~!

• 항상 좋은 말씀 감사합니다. 원장님 말씀 들을 때마다 하나씩 깨닫는 거 같아요. 앞으로도 자부심을 갖고 열심히 하겠습니다.

/// 꿈꾸기, 행복의 조건 ///

- 원장님 말씀 잘 생각하고 새기면서 열심히 하겠습니다.^^ 글 쓰시는 거 파이팅하세요~♥
- 글 쓰시는 거 파이팅하세요!!^^
- 아까 회의 시간에 20주년 행사의 의미에 대한 말씀 듣고 뭔가 좀…… 감동받았어요^^ 개인적으로 이런저런 생각도 들었구요. 20주년 행사도 멋지게 해낼 수 있을 것 같아요~ 오늘 밤도 글 쓰시느라 피곤하시겠지만 힘!! 내세요~♥
- 저희도 원장님이 계시기에 든든해용♥♥ 아프지 마시구 항상 건강하셔야 해용.

교사들이 보내온 답장을 읽는 순간 마음속에서 따뜻한 무언가가 올라오는 듯하더니 가슴이 뭉클하고 눈시울이 붉어졌다. 나의 진심이 교사들에게 전달된 것 같아 기쁘고 고마웠다.

예쁜어린이집의 20년 역사는 나 혼자만의 결과가 아니다. 내 곁에는 항상 교사들이 있었다. 기쁠 때나 힘들 때 곁에서 웃어주고 아파해주었던 친구 같은 교사들이 없었다면 나는 지금까지 무사히 오지 못했을 것이다.

20년, 멀리 왔다면 먼 길이다. 물론 갈 길은 아직 멀다. 이 길의 끝이 어디인지는 나도 알 수 없기에 나는 내일이 궁금하고 가슴 설렌다. 그 길 위에 나 혼자 서 있지 않다는 것이 기쁘다. 가족과 동료와 친구들이 다 내 인생의 길동무여서 얼마나 다행인지…….

잠시 숨을 가다듬는다. 그리고 이제껏 정신없이 살아온 삶을 돌아보니, 적지 않은 일들이 있었다. 슬프고 외로웠던 날들도 있었고 지치고 막막했던 날들도 있었다. 나 자신을 탓하고 세상을 원망하는 마음이 기웃거릴 때마다 나를 지켜준 것은 '사람'이었다.

어린이집의 아이들은 나의 가장 든든한 지원군이었다. 그들을 가르치고 보살핌으로써 오히려 나는 더 큰 활력을 얻었고, 순수함을 배웠다. 그리고 이 길에서 만나 손을 맞잡아준 수많은 동지들이 있었다. 이름을 일일이 댈 수조차 없이 많은 분들이 나를 가르쳐주었고, 힘을 모아 궂은일에 동참해주었다. 그리고 꿈을 이루겠다고 무모한 도전에 나설 때마다 묵묵히 나를 응원하며 지켜봐준 어머니와 가족들…….

그분들께 머리 숙여 감사드리며 마음을 다해 이 책을 바친다.

2014. 10
김영란

1장

이십대에
꿈을 찾아
이십대에
꿈을 이루다

기회는
스스로 만드는 것

어릴 때 나의 꿈은 제자들에게 사랑을 베풀어주는 교사였다. 초
등학교 4학년 무렵, 아버지가 돌아가신 이후에는 돈을 많이 벌어야
겠다는 생각에서 무조건 '사장'이 되는 게 꿈이었다. 고등학생이 되
어 이과를 선택하면서 나의 꿈은 건축가로 바뀌었다. 그러나 전기
대학 건축과에 떨어지자 (당시 대학입시는 1, 2차로 나뉘어 있어 전기대
학 시험에서 떨어지면 후기대학 시험을 치르는 제도였다) 나의 꿈은 좌절
되고 말았다.

재수를 해서라도 건축과에 들어가고 싶었지만 넉넉하지 않은 형
편에 언감생심 다시 도전할 수는 없었다. 하는 수 없이 관심은커녕

들어본 적도 없는 분야인 유아교육과로 진학하게 되었고, 대학생활을 하면서도 꿈으로부터 너무 멀어졌다는 자괴감 때문에 좀처럼 마음을 다잡을 수 없었다. 그러나 얼마 안 가 나는 꿈으로부터 멀어진 게 아니라 진짜 꿈을 찾지 못했음을 깨닫게 되었나. 나의 진정한 꿈을 발견한 것이다.

첫 유치원 실습을 간 날, 나는 이 길이 나의 길이라는 사실을 직감했다. 그날 나 자신이 아이들을 무척 좋아한다는 사실을 깨달았을 뿐만 아니라. 그날 이후로 내 인생은 완전히 달라졌다. 유치원 교사라는 직업을 매력적으로 느끼게 되었고, 마흔이 되면 유치원 원장이 되겠다는 꿈을 꾸기 시작했다.

첫 직장은 일반 유치원에서 시작했다. 그 후 국공립이었던 새마을 유아원에서 근무하면서 장차 내가 운영할 유치원에 대한 구체적인 계획을 머릿속에 그려보기 시작했다. 구체적인 목표가 생기면서 가장 먼저 준비한 것은 운전면허였다. 아이들이 탄 노란 승합차를 운전하는 미래의 나를 그려볼 때면 행복한 미소가 번지곤 했다.

그 당시만 해도 1종 보통면허 시험장에 여성 응시자라곤 100명 중 2명 정도밖에 안 되었다. 나의 계획을 모르는 주위 사람들은 여자가 트럭 몰고 다닐 일 있느냐면서 굳이 1종 면허를 신청한 나에게 핀잔을 주기도 했다. 그때는 다른 여성들과 비교하여 조금 뒤는 선택을 하면 시선을 끌던 무렵이었다.

/// 꿈꾸기, 행복의 조건 ///

유치원 교사 4년차에는 1990년대 유아교육에 많이 적용되었던 몬테소리 교육 프로그램을 배우기 위해 매주 토요일 안산에서 은평구 신사동까지 찾곤 했다. 버스와 전철을 세 번이나 갈아타야 하는 거리를 1년 동안 한 번도 빠지지 않고 다녔지만 고되다는 생각은 전혀 들지 않았다. 나의 꿈을 위해 투자하는 시간과 돈이 아깝다면 그 무엇이 귀하겠는가.

배움이 깊어질수록 욕심은 더 커졌다. 교사생활을 하는 동안 '김성균 유아음악', '유아 국악 교육' 등 유아교육에 필요한 다양한 지식을 흡수하기 시작했다. 훌륭한 교사가 되고 싶다는 나의 열망은 유아교육 전문가라는 분야까지 풀무질한 것이다.

꿈을 향한 노력 때문이었을까. 40세에 원장이 되겠다는 꿈은 13년이나 앞당겨 27세에 이루어졌다. 그야말로 꿈같은 일이었다.

모든 사람은 어떤 사람이 되겠다는 꿈을 꾼다. 그리고 그 꿈은 자라는 동안 계속 바뀐다. 이제 막 말을 알아듣는 꼬마아이 때부터 초등학생, 중학생, 고등학생을 거치는 동안 동경하는 세계가 바뀌고, 그에 따라 자신의 인물 모델도 수정된다. 그렇게 우리는 변화하는 꿈을 통해 성장한다. 자신이 어떤 사람인지, 어떤 취향을 지녔는지, 인내심은 어느 정도인지를 깨달아가면서 더 나은 자기 자신을 만들어낸다.

다행히 나는 운이 좋았다. 건축가라는 꿈으로부터 멀어지게 되었을 때 비로소 진정한 꿈을 찾게 되었으니 말이다. 그 꿈을 이룬 지금, 나는 제자들이 자기만의 꿈을 가질 수 있도록 도움을 주고 있다. 1년 뒤, 아니 한 달 뒤가 되면 아이들은 다른 세계를 동경하게 되겠지만 나는 아이들이 끊임없이 무언가가 되고 싶어하고 그 목표를 이루는 데 필요한 열정과 노력이 무엇인지를 깨닫도록 도울 것이다.

클래식 음악인들의 꿈과 사랑을 다룬 〈베토벤 바이러스〉라는 드라마가 있다. 뛰어난 지휘자인 주인공이 자신이 가르치는 청년과 나누었던 인상적인 대화가 있다.

"하나만 물어보자. 지휘 배우고 싶다는 거."

"배우고 싶었습니다."

"그런데?"

"꿈으로 그냥 놔둘 겁니다."

"꿈! 그게 어떻게 네 꿈이야. 움직이질 않는데. 그건 별이지. 하늘에 떠 있는, 가질 수도 없는, 시도조차 못하고 쳐다만 봐야 하는 별. 누가 지금 황당무계 별나라 얘기 하재? 네가 뭔가 해야 할 것 아니야. 조금이라도 부딪히고 애를 쓰고 하다 못해 계획이라도 세워봐야 거기에 네 냄새든 색깔이든 발라지는 거 아냐. 그래야 네 꿈이다 말할 수 있는 거지. 꿈을 이루라는 소리가 아니야. 꾸기라도 해보라는 거야."

지휘자의 말은 꿈을 간직한 모든 사람들에게 던지는 뼈아픈 충고다. 무언가 되고자 하는 목표가 있다면 반드시 열정을 가지고 도전해야 한다. 비록 쓰러지고 다치는 한이 있더라도 마음에 꽁꽁 숨겨두고 있는 쪽보다는 더 많은 기회를 잡을 수 있나.

기회는 스스로 만드는 것.

기회는 인내심을 가지고 하나씩 하나씩 준비하는 자에게 주어지는 것이다.

수제 다이어리를
선물하는 이유

"우리가 읽은 것을 기록해놓지 않으면 지식이란 있을 수 없다."

이탈리아가 낳은 위대한 시인 단테의 말이다.

독서하다가 인상적인 구절을 발견한 시인이 종이에 옮겨 적는 모습을 상상하니 마음이 훈훈해진다. 그러고 보면 오늘날 우리가 읽게 된 단테의 작품들은 어느 날 문득 떠오른 단상에서 탄생된 것이 아니겠구나 하는 생각이 든다.

사실 여러 분야의 책을 읽다 보면 성공한 사람들의 공통점을 발견하게 되는데, 그 중 가장 공통적인 것은 메모하는 습관이다. 단테가 좋은 구절을 기록함으로써 자신의 문학세계를 더욱 빛냈듯이 자기 분야에서 우뚝 선 이들은 기록관리의 대가들이다. 에디슨이나 링컨이 유명한 메모광이었다는 사실은 너무 잘 알려져 있고, 오늘날 세계경제를 움직이는 CEO들 중에도 메모 습관이 몸에 밴 인사들이 많다. 그들은 자신의 일상을 하나하나 체그함으로써 구체적인 계획을 세우고, 그것을 목표에 반영하여 더 큰 미래를 개척해냈다.

나의 방에도 여러 권의 다이어리가 간직되어 있다. 한 해 한 해 스케줄 관리와 계획들이 적힌 그 다이어리들을 버리지 않고 쌓아둔 이유는 이제껏 노력해온 나의 삶이 그 안에 담겨 있기 때문이다. 지금은 가물가물하지만 치열했던 내 삶의 역사가 깨알같이 기록된 보물을 어떻게 버리겠는가.

다이어리에는 1년, 매월, 매주, 매일의 계획과 목표가 기록되어 있다. 그날 해야 할 일이나 목표를 달성했을 때는 ○ 표시가 되어 있고 실천하지 못했을 때는 × 표시가 되어 있다. 그러는 과정을 통해 동그라미를 더 많이 그리겠다는 다짐을 새기게 된다.

놀랍게도 다이어리를 사용하게 된 후로는 오늘 할 일을 내일로 미루는 습관이 사라졌다. 그러다 보니 실수가 적어지고 목표를 달성하고자 하는 의지가 더욱 강해졌다. 메모 란에는 순간순간 떠오른 나만의 아이디어를 적기도 하지만, 지인이 들려준 충고나 라디오 또는 TV에서 접한 감동적인 이야기도 적는다. 무심하게 흘려들으면 아무 것도 아닐 수 있지만 새겨들으면 유익한 지혜가 되기 때문이다. 메

모를 하는 것은 그러한 지혜를 모으기 위한 작은 실천이다

얼마 전 그동안 썼던 다이어리들을 꺼내어 한 장 한 장 넘겨보았다. 지난날의 발자취, 나의 역사가 고스란히 담겨 있는 다이어리들을 들여다보니 입가에 미소가 지어졌다.

2003년 다이어리 맨 앞장에는 이런 글이 적혀 있었다.

〈성공하기 위한 필요조건 4P〉
- pencil and paper (쓰지 않으면 실현 안 된다)
- plan (처음에 계획을 세워)
- passion (열의가 모든 것을 움직여준다)
- perform (인생은 행동)

〈성공하는 3가지 방법론〉
- 자기 자신이 한다.
- 남의 손을 빌린다.
- 남에게 손을 빌려준다.

'No try no success'

이런 경험 때문이었을까. 7년 전부터 크리스마스가 다가오면 나는 아이들의 학부모와 교사를 위한 작은 선물로 신년 다이어리를

/// 꿈꾸기, 행복의 조건 ///

만들어왔다. 이 다이어리는 문구점에서 흔히 볼 수 있는 기성품이 아니다. 직접 동대문 시장에 가서 천과 단추를 사서는 재봉틀로 박음질을 하여 다이어리 커버를 만들고 단추까지 튼튼하게 달아서 선물한다. 그리고 다이어리 첫 장에는 나의 정성을 담아 축복의 메시지를 적어 넣는다.

"이 세상에서 가장 큰 기쁨은 날마다 새롭다는 것입니다. 해는 어제와 같이 떠오르지만 햇빛은 어제의 햇빛이 아니고, 꽃은 한 나무에서 피지만 날마다 다른 모습으로 피어납니다. 새해에는 더 좋은 건강, 더 많은 행복, 더 깊은 사랑 많이 만드십시오. 날마다 새로운 웃음 웃는 행복한 ○○년 되시길 바랍니다."

다이어리 선물은 결코 연말의 의례적인 인사치레가 아니다. 그 다이어리를 받을 사람의 소망이 이루어지기를 바라는 내 마음의 표현이다. 그래서 상대가 그 다이어리를 유용하게 사용해준다면 그 어떤 선물보다 값질 것이라고 믿는다. 그것은 메모하는 습관이 얼마나 중요한지 잘 알고 있기 때문이다.

하루하루의 일과를 적고 반성하고 새로운 계획을 세우는 습관이야말로 성공의 비결이라고 나는 믿는다. 이런 과정을 거쳐 그들이 한층 더 굳세어지고 행복해지기를 바랄 뿐이다. 더욱이 부모가 목표를 가지고 노력하는 생활을 꾸려나간다면 그 모습을 바라보는 자녀에게는 더없이 좋은 교육이 될 것이다.

요즘은 종이 수첩보다는 스마트폰의 스케줄 기능을 많이 활용한다고 한다. 일상적으로 휴대폰을 사용하는 현대인들에게는 무척 요긴한 방편인 듯하다. 그러니 수고스럽게 다이어리 커버를 만들고 있는 나를 보며 이렇게 말하는 사람도 있다.

"요즘 편리한 스마트폰이 있는데 불편하게 누가 다이어리를 써요?"

그러나 나는 아직도 펜을 사용하여 수첩에 글을 쓰는 매력을 버릴 수 없다. 비록 그 과정은 불편할지도 모르지만 스마트폰에 담을 수 없는 정성이 깃들기 때문이다. 어쩌면 그 불편함을 감수하는 것 자체가 메모의 힘일지도 모른다. 메모하는 과정을 통해 한 번 더 기억에 새기고 의지를 다질 수 있기 때문이다. 적어도 내 경험으로는 그렇다.

앞으로도 나는 한 칸 한 칸 나만의 다이어리를 완성해 나가는 일을 포기하지 않을 것이다. 그리고 완성된 다이어리는 계속 나의 방 책장에 줄지어 채워질 것이다. 물론 매년 크리스마스 때마다 우리 어린이집 학부모와 교사들에게 다이어리를 선물하는 나만의 행사도 계속될 것이다.

공부하는 사람에게는
반드시 기회가 주어진다

생각할수록 신기한 일이지만 공부하는 게 즐겁다. 언제부터 그랬을까 곰곰이 생각해보니, 좋아하는 일을 시작하면서부터인 듯하다. 흔히 사람들은 제도교육을 마치면 공부를 다 마친 것이니까 더이상 공부할 일이 없다고 생각한다. 더욱이 우리의 학창시절은 거의 대학입시라는 목표를 위해 바쳐지기 때문에 '공부'에 대한 추억은 거의 떠올리기 싫은 지루한 것이다. 그러나 공부에 끝이 어디 있겠는가. 더 나은 삶을 꿈꾸고 있다면 늙을 때까지 배우고 싶을 것이고, 또 그래야 마땅한 일이다.

내게 배움의 즐거움을 느끼게 해준 대상은 역시 아이들이었다.

순수하고 해맑은 아이들을 만나면서부터 내 마음속에는 '저 아이들이 행복하게 자랐으면 좋겠다'는 소망을 갖게 되었고, 나아가 그 아이들이 어른이 된 후에도 자기가 좋아하는 일을 찾아서 진정한 행복을 느끼기를 바라게 되었다. 그런 마음을 갖게 된 뒤부터 내가 도와줄 수 있는 방법이 뭐가 있을까 궁리하기 시작했고, 대학에서 배운 지식만으로는 부족하다는 것을 깨닫게 되었다. 그 인식은 곧 유아교육 전문가가 되어 아이들을 더 세심하게 가르쳐야겠다는 결론에 도달했다.

젊은 나이에 원장이 되었지만 좀 더 전문적인 유아교육을 받겠다는 결심에는 망설임의 여지가 없었다. 어쩌면 대학시절에 못다 했던 열정이 뒤늦게 시작된 것인지 다양한 분야의 강좌를 신청했고, 교육을 받을 때면 항상 맨 앞자리에 앉았다. 혹시라도 몸이 피곤해서 졸까 봐 일부러 앞자리에 앉아 집중하려 애썼다.

교육을 통해 새롭게 알게 된 것이나 중요한 것은 반드시 메모해 두었고, 실천에 옮겨야 할 것은 빨간 펜으로 강조하는 등 수험생처럼 적극적으로 임했다. 그리고 배운 것을 어린이집에서 실천한 다음에는 그 과정이며 결과를 세세하게 자료화하여 보관했다. 이 과정은 그리 간단치 않았다. 자료들을 사진으로 찍어 체계적으로 파일로 만드는 데는 시간도 많이 들고 몸도 피곤했지만 막상 만들어 놓고 보니 교사들에게 유용한 참고자료가 되었다.

/// 꿈꾸기, 행복의 조건 ///

그러던 어느 날 뜻하지 않은 기회가 찾아왔다. 평생교육원에서 승급교육 강의를 맡아달라는 요청을 받은 것이다. 처음에는 내가 잘할 수 있을까 두려운 마음에 선뜻 응할 수 없었다. 그러나 생각해 보니 나에겐 비장의 무기가 있었다. 그동안 시간을 쪼개어가며 꾸준히 공부했던 내용을 정리해둔 바로 그 자료들이었다. 어린이집 운영만 했다면 아마도 감당할 수 없는 강의였겠지만, 여러 방면의 유아교육 강좌를 듣고 그 지식을 직접 실천에 옮기고 그것을 자료화하는 과정을 거치면서 용기를 낼 수 있었다.

강의는 그것으로 끝나지 않았다. 전국 유아 교육기관의 중간관리자를 대상으로 한 연수에 초청을 받아 전국 순회강의를 할 기회까지 주어졌다. 나에게 아이들이 행복하게 자라길 바라는 마음이 없었다면, 시간을 쪼개어 공부하지 않았다면, 공부한 것을 현장에 응용하는 과정과 결과를 자료화하지 않았다면 이러한 기회는 주어지지 않았을 것이다. 아니, 주어졌다고 해도 잡을 수 없었을 것이다.

기회가 언제 우리 곁을 찾아올지는 아무도 모른다.
그러나 누구에게나 온다.
물론 기회가 왔을 때 잡을 수 있는 사람은 많지 않다.
미리 준비한 사람이 손을 뻗어 그것을 잡을 수 있는 법이다.
늘 공부하고 다양한 경험을 쌓아 자기 것으로 만들어놓은 사람만이 기회가 왔을 때 주저 없이 두 손을 뻗을 수 있다.

신데렐라 영부인으로 살았던
꽃다운 청춘

　오래전에 친구들이 붙여준 두 개의 별명이 있다. 바로 '영부인'
과 '신데렐라'이다. 내게는 어울리지 않는 이런 별명을 얻게 된 이
유는 스물일곱이라는 젊은 나이에 어린이집을 개원한 사연과 관
계가 깊다.

　아직 먼 훗날의 꿈이었던 기회가 찾아왔을 때 나는 과감히 도전
하기로 결심했다. 돈도 없고 경험도 부족했지만 패기만큼은 남부
럽지 않았던 20대였기에 가능했던 것 같다. 운영비를 절감하기 위
해 우선 어린이집을 월세로 개원하게 되었고, 몇 사람 몫을 혼자 감
당해야 했다. 교사이자 운전기사를 겸한 원장으로 살다 보니 개인

적인 생활은 엄두도 낼 수 없었다. 아침 일찍 일어나 교사들과 종일반 아이들을 위한 도시락을 쌌고, 출근하자마자 승합차를 몰고 아이들을 등원시켰고, 7세반 수업을 도맡아 했기 때문에 하루가 어떻게 지나가는지도 몰랐다. 미리 준비해둔 일들은 매일 쌓여 있고 밀린 일까지 처리하느라 토요일과 일요일마저 쉴 틈이 없었다. 그렇게 꽃다운 청춘을 어린이집 운영에 바쳤다.

그러다 보니 친구들도 자주 만날 수 없게 되었다. 어린이집은 그날 그날 처리하지 않으면 안 되는 일들이 항상 있기 때문에 좀처럼 개인시간을 내기가 힘들었다. 어렵사리 친구들과 만나기로 약속을 해놓고도 나가지 못한 적이 한두 번이 아니었다. 그런 일이 반복되자 점점 친구들과 소원해지는 것 같았다.

얼굴 좀 보고 살자는 친구의 볼멘소리에 간신히 시간을 내어 모임에 참석한 날, 한 친구가 타박을 했다.

"네가 영부인이라도 되냐? 왜 그렇게 만나기가 어렵냐!"

그 후로 졸지에 내 별명은 '영부인'이 되어버렸다.

그때를 생각하면 절로 아득해진다. 서른 살도 안 된 20대 청춘 아니었던가. 내 꿈을 실현시키고 싶은 욕심이 컸던 만큼이나 자유가 그리웠다. 한참 놀고 싶은 나이였기에 친구들과 밤늦도록 수다도 떨고 같이 여행도 다니고 싶었다. 하지만 매일 어린이집을 찾는 아이들의 맑은 눈이 마음에 걸려 일을 대충 할 수는 없었다. 더욱이 늘 꿈꿔왔던 일을 하게 되었는데 나중에 후회할 일을 만들고 싶지는 않았다. 결국 나는 '영부인'이라는 친구들의 비아냥 속에서 1년에 한두 번 정도 친구들을 만날 수밖에 없었다.

오랜만에 만나는 자리일수록 시간은 빨리 흐르는 모양이다. 반가운 친구들과 얼굴을 맞대고 서로의 소식과 안부를 주고받다 보면 어느새 한밤중이 되어버렸다. 흥에 겨워 맥주라도 한두 잔 마시다 보면 집에 돌아가는 시간은 늦어질 수밖에 없었다. 그럴 때 겉으로 드러낼 수는 없었지만 내심 불안했다. 다음 날 아침 일찍 일어나 해야 할 일들이 걱정스러웠기 때문이다. 피곤한 몸으로 새벽에 들어갔다가 늦잠이라도 자서 시간을 엄격히 지켜야 하는 어린이집 일정에 큰 차질을 빚을까 노심초사였다.

결국 나는 '외부 약속이 있을 때는 무슨 일이 있어도 열두 시까지 집에 도착한다'는 원칙을 세웠다. 사실 나 자신과의 약속이었기 때문에 지키기는 쉽지 않았다. 11시가 가까워지면 자리를 털고 일어선다는 게 어디 말처럼 쉬운 일이겠는가. 친구들 역시 그런 나를 고운 눈으로 보지 않았다. 자기 일에 철저한 것도 좋지만 너무 매정하다는 것이다. 그러다가 한 친구로부터 이런 핀잔을 들었다.

"열두 시가 되기 전에 들어가야 한다고? 네가 신데렐라냐? 다음부턴 부르지도 않을 거야."

친구의 협박 아닌 협박에도 어쩔 수 없었다.

/// 꿈꾸기, 행복의 조건 ///

"그래, 그래. 알았어. 다음엔 늦게까지 있을게!"

말은 그렇게 했지만 그 후로도 나는 자신과의 약속을 지켜냈다.

지금 생각해보면 참 열심이었던 시절이었다. 가끔 그 시절을 생각하면 친구들이 붙여준 별명이 떠올라 웃음 짓곤 한다. 그 별명들은 치열했던 내 인생의 한때를 말해주는 듯하다. 그런데 그때의 부지런함이 몸에 붙어버렸는지 지금도 나는 여전히 바쁘게 살고 있다.

그때 놀고 싶은 유혹을 이기지 못했다면 지금의 나는 없었을 것이다. 물론 놀지도 않고 미친 듯이 일에 몰입하는 것만이 능사는 아닐 것이다. 다만, 가진 것 없고 재주도 없는 내가 젊은 시절을 즐기면서 보냈다면 지금쯤 후회하지 않았을까 싶다. 그런 면에서 신데렐라 영부인으로 살았던 나 자신이 대견스럽기도 하다.

가끔 아이들을 가르치겠다고 찾아오는 젊은 교사들을 보면 나의 지난 시절이 떠오른다. 그때의 나처럼 그들도 자신과의 싸움을 하며 살겠지…… 하는 마음과 더불어 자신의 꿈을 위해 좀 더 치열해지기를 기대해보곤 한다.

젊음의 꽃,
기미

4세반에 새로 들어온 영아가 아침에 출근한 내 얼굴을 보더니 놀란다.

"원장 선생님! 얼굴에 뭐 묻었어요. 화장실 가서 닦아요."

네 살짜리 아이의 눈에 띈 것은 내 얼굴에 넓게 자리를 잡고 있는 기미였다.

잡티 하나 없이 깨끗했던 피부에 기미가 생겨나기 시작한 것은 꽤 오래전부터였다. 구체적인 시기를 따져보면 아마도 어린이집을 운영한 지 1년 뒤부터였을 것이다. 경제적으로나 정신적으로 큰 부담을 안고서 잠까지 줄여가며 일하던 무렵 내 얼굴에는 기미가 조

금씩 생겨나기 시작했다. 하지만 그동안 꿈꿔왔던 일을 하게 되었다는 즐거움에 기미 따위는 안중에도 없었다. 오히려 나보다는 주변 사람들의 걱정이 더 컸다.

"얼굴 왜 그래? 요기 안 좋은 거 아니야."

"혹시 자궁이 안 좋은 거 아니야? 여자들은 자궁이 안 좋으면 기미가 생긴다던데……"

"원장님, 너무 힘든 거 아니에요? 피곤해 보여요."

"레이저 치료를 받아보세요. 기미를 제거하면 훨씬 건강해 보일 텐데……"

사람들은 내 얼굴을 볼 때마다 한마디씩 충고했다. 분명 좋은 뜻으로 한 말이겠지만 내 맘은 불편했다. 대개 얼굴에 기미가 끼어 있는 사람은 몸이 아프거나 고생을 많이 한 것처럼 보이기 때문이다. 사실 스트레스를 많이 받거나 힘들게 살아온 사람들에게 기미가 더 많은 것만은 사실이지 않은가.

젊은 시절부터 동동거리면서 살아온 나로서는 괜한 자격지심까지 생겼다. 기미가 점점 넓게 퍼지자 외부사람을 만나는 것조차 부담스러워지기 시작했다.

그러던 어느 날 크리스토퍼 리더십 교육을 받으면서 나의 생각은 달라지기 시작했다.

매주 강사가 들려주는 5~6분짜리 짧은 이야기인 '크리스토퍼 이야기'를 들으며 서서히 마음이 변화되기 시작한 것이다. 기미는 나라는 사람이 지닌 여러 특징 중 하나일 뿐이라고 긍정적으로 생각하게 되었다. 더욱이 내 인생의 가장 치열한 시절에 생겨나기 시작한 것이므로 나로서는 청춘시절의 훈장처럼 느껴지기도 했다.

그 후로는 다른 사람들이 내 얼굴을 보며 관심을 표해도 의연하게 대처할 수 있게 되었다. 물론 아직도 많은 분들이 조언을 아끼지 않는다.

"가지가 기미에 좋대요. 가지로 팩을 만들어 해보세요."

"우엉차가 좋다는데 한번 드셔보세요."

"요즘 프락셀이 새로 나왔는데 피부에 자극도 없고 효과도 좋대요. 병원에 가서 한번 치료받아 보세요."

민간요법부터 최신 의료시술까지 장르도 다양하다.

해야 할 일이 많아 수면시간이 적은 날이면 어김없이 기미가 더 두드러지곤 하지만 이제는 그 누구에게도 웃으면서 대답한다.

"기미는 젊음의 꽃이래요."

오늘도 나의 얼굴에 뭐가 묻었다고 걱정해준 네 살짜리 아이를 향해 활짝 웃으며 대답했다.

"고마워. 원장 선생님이 화장실 가서 깨끗이 닦을게."

나는 교무실로 가서 콤팩트를 꺼내 기미가 잘 가려지도록 세심히 화장을 고쳤다.

그리고 교실로 돌아가서 아이에게 물었다.

"어때? 원장 선생님 얼굴 깨끗해졌지?"

부러우면
지는 거다

아버지가 돌아가신 후, 열한 살의 나는 집안을 일으키겠노라 결심했다. 그 어린 나이에 어떻게 그런 마음을 먹었는지……. 돌이켜 보면 가난 때문에 일찍 철이 들었던 것 같다. 그도 그럴 것이 어린 시절을 생각할 때면 용돈을 벌기 위해 일했던 기억이 가장 먼저 떠오른다.

봄날이면 학교에서 돌아오는 대로 마루에 가방을 던져놓고 호미와 소쿠리를 들고 밖으로 뛰쳐나갔다. 빨리 들에 가서 지천으로 피어 있는 냉이와 달래를 캐기 위해서였다. 열심히 캔 냉이와 달래를 안양 남부시장에 내다팔아야 학용품 살 돈을 마련할 수 있었다. 그때 나이는 어렸지만 고생하시는 엄마에게 차마 손을 벌릴 순 없었다. 어떻게든 내 힘으로 해결해야 한다고 마음먹었다.

그래서였을까. 그때의 나는 욕심이 많았다. 한번은 동네 언니들과 같이 냉이를 캐다가 들판을 휘휘 둘러본 다음 이렇게 외쳤다.

"저쪽에 있는 냉이는 내가 맡았어! 건드리지 마."

나는 들판의 냉이를 독차지하고 싶었던 것이다.

"먼저 캐는 사람이 임자지, 맡아놓는 게 어디 있니? 여기가 네 땅이냐?"

동네 언니들은 욕심 사나운 나를 향해 쏘아붙였지만 나는 지지 않고 우겨대곤 했다.

동네 마을회관 앞으로 도매상인의 트럭이 들어올 때면 반가워서 바구니를 들고 달려가곤 했다. 오늘은 얼마를 받을 수 있을까 하며 바구니를 내밀 때의 설렘이란……. 적은 돈이었지만 그렇게 번 돈으로 나는 이런저런 수업재료를 구입할 수 있었다. 그때 내게는 참으로 요긴한 돈이었기에 나물 캐는 일을 힘들게 여기기보다는 오히려 행복으로 받아들였던 것 같다.

그러던 어느 날 나는 냉이와 달래를 캐는 일 외에 다른 방법을 궁리하기 시작했다. 봄철뿐만 아니라 지속적으로 수입을 가져다줄 수 있는 일이 필요했기 때문이다. 그때 문득 번뜩이는 아이디어가 뇌리를 스쳤다.

"그래, 부추다!"

부추는 한 번 심어놓으면 1년 동안 여러 차례를 베어 먹을 수 있지 않은가.

그날부터 나는 뒷산 언저리 땅을 호미로 골라서 밭을 만든 다음 부추를 심었다. 그리고는 매일 산에 올라가 물도 주고 풀도 뽑아주면서 정성을 기울였다. 의욕은 넘쳤으나 지혜와 요령이 없었던 탓인지 부추농사는 그다지 성과가 좋지 않았다. 하지만 지금 생각하면 그때의 나 자신이 대견스럽기만 하다.

겨울에는 집집마다 땔감이 큰 재산이었다. 더욱이 소를 키우는 우리 집에서는 매일 여물을 끓여야 했기 때문에 많은 장작이 필요했다. 엄마는 혼자서 농사짓고 장사도 하면서 젖소까지 키우느라 늘 바쁘셨다. 그렇게 고생하시는 엄마의 일손을 덜어주기 위해 나는 늦가을 무렵이면 산에 가서 나무를 하곤 했다.

빈 지게에 새끼줄과 낫과 톱을 얹어 산으로 들어가서는 소나무 마른 가지를 톱으로 베었다. 그런 다음 낫을 이용하여 알맞은 크기로 자르고, 그것들이 수북이 쌓이면 새끼줄로 동여맸다. 한 묶음, 두 묶음, 세 묶음이 완성되면 지게에 얹어 내려왔다.

앞마당에 나뭇가지와 장작이 높게 쌓이면 왠지 배가 부른 것처럼 기분이 좋았다. 겨우내 우리 식구가 따뜻하게 지낼 수 있다고 생각하면 날아오를 것처럼 행복했다. 내가 지게를 지고 산을 오르내릴

때 친구들은 구슬치기, 딱지치기, 자치기, 비석치기 놀이를 하느라 정신이 없었다. 그런 친구들을 볼 때마다 솔직히 부럽기도 했고 아버지의 빈자리가 더욱 크게 느껴져 서럽기도 했다. 하지만 앞마당에 높이 쌓이게 될 땔감 더미를 생각하면서 마음을 다잡곤 했다. 내게는 친구들과 어울려 노는 것보다 땔감이 더 큰 즐거움이었고 행복이었기 때문이다.

"부러우면 지는 거다."

TV에서 어느 개그맨이 이렇게 말하는 것을 봤다.

그 순간 나는 어린 시절 나무하던 기억을 떠올렸다. 친구들에게 지기 싫어서 부러워하는 내색도 못하고 땔감이 쌓이는 행복으로 나 자신을 위로하던 추억이 아련했다.

누구에게나 시련의 순간은 있다. 내 경우는 시련이 너무 일찍 찾아와 철도 일찍 들어버렸지만, 좋은 점도 있다. 나물을 캐서 학용품을 사고 나무를 하며 행복을 느낄 수 있었기 때문이다. 그때 이미 나는 주어진 환경을 탓하기보다는 무언가 내 힘으로 이루는 기쁨을 발견했던 것 같다. 그런 경험은 돈으로 바꿀 수 없는 큰 자산이라고 믿는다. 적어도 내가 살아오는 동안 포기하거나 좌절하지 않도록 해주었기 때문이다.

2장

간절히
소망하는 자만이
꿈을
이룬다

잔디밭의
민들레 사랑하기

잔디 가꾸기가 취미인 한 남자가 있었다. 어느 날 집 마당의 고운 잔디를 바라보던 그는 여기저기에 민들레가 자라난 것을 발견했다. 잔디를 보호하기 위해 민들레를 뽑아주었지만 별 소용이 없었다. 며칠 뒤면 다시 민들레가 피어났기 때문이다. 이런저런 방법을 동원해보았지만 민들레 퇴치에 실패하자 그는 관공서에 편지를 보내어 민들레를 제거해줄 것을 부탁했다. 그러자 관공서에서는 이러한 답변을 보내왔다.

"민들레를 사랑하는 법을 배우시기 바랍니다."

/// 꿈꾸기, 행복의 조건 ///

이 우화는 우리가 살아가면서 만나게 되는 수많은 문제를 어떻게 받아들여야 할지를 생각하게 해준다. 잔디를 사랑하는 남자는 민들레가 잔디를 망쳐놓는다고 생각한다. 하지만 그 괴로움은 자기 스스로 초래한 것이나 마찬가지다. 민들레가 잔디밭을 더욱 아름답게 꾸며준다고 생각하면 모든 문제는 해결된다.

그러한 것처럼 인생이라는 여행길에서 우리는 수많은 민들레를 만나게 된다. 내 인생의 잔디밭을 망치는 민들레 때문에 우리는 당혹스러워하고 분노하며 좌절에 빠지기도 한다. 이때 가장 중요한 것은 자신의 마음을 들여다보는 것이 아닐까 싶다. 자신을 불편하게 하고 화가 나게 만드는 그 원인을 제대로 들여다본다면 전혀 다른 해법을 찾을 수 있을 것이다. 어떤 문제를 해결할 때 가장 현명한 방법은 배타적인 방식이 아니라 긍정적으로 포용하는 방식이다.

어린이집을 개원한 지 2년쯤 지났을 때의 일이다. 정서가 불안정한 다섯 살짜리 남자아이 때문에 담임교사가 늘 노심초사했다. 아이는 교실에서 마구 뛰어다녔고 돌발적으로 위험한 행동을 저지르곤 했다. 급기야 걱정했던 일이 벌어지고 말았다. 아이가 뛰어다니다가 책상 모서리에 부딪혀서 눈 꼬리 부위가 살짝 찢어진 것이다. 그 소식을 듣자 입학할 당시 아이의 어머니가 했던 말이 떠올랐다.

"아이가 막내인 데다 3대 독자라고 남편이 유난히 사랑을 쏟아서 그런지 우리 아이가 좀 산만해요. 아이를 잘 좀 부탁드려요."

/// 꿈꾸기, 행복의 조건 ///

아이의 엄마가 당부했던 말을 생각하자 눈앞이 캄캄했다. 어린이집 개원 후 처음 겪는 큰 사건이었던 터라 더욱 놀랐다. 아이의 정서를 더 면밀하게 살피지 못한 게 후회스럽기도 했다. 하지만 이미 엎질러진 물. 서둘러 학부모에게 전화를 걸어 사정을 이야기한 후 아이를 병원으로 데려갔다.

다행히 아이의 상처는 심각하지 않아서 찢어진 부위를 두 바늘 정도 꿰매는 선이었다. 의사는 쌍꺼풀과 연결되는 눈 꼬리 부위라서 아물면 흉터도 잘 보이지 않고 자연스러워질 거라고 했다. 아이의 어머니와 나는 안도의 한숨을 쉬었다.

"어머님, 죄송합니다. 다치지 않게 잘 돌봤어야 하는데 아이 눈에 상처가 생겨서 마음이 아프네요."

그제야 원장으로서의 책임을 느낀 나는 정중히 사과를 했다.

"저는 괜찮은데 남편이 퇴근해서 오면 뭐라 할지 걱정이네요……."

대답하는 그녀의 얼굴에 근심이 가득했다.

"혹시 남편이 어린이집으로 찾아갈지도 몰라요. 그이 성격이 좀 불같아요. 화가 나면 막말을 하는 사람이라서 원장님께 퍼부을 거예요. 너무 놀라지 마세요."

과연 그날 저녁 걱정하던 일이 벌어졌다. 짧은 스포츠머리에 눈이 부리부리하고 덩치가 큰 아이의 아버지가 어린이집을 찾아온 것이다. 어린이집 현관에 들어서는 위압적인 모습을 보는 순간 혹시 폭력조직에 종사하는 분인가 싶어 나는 얼어붙어 버렸다. 아니나 다를까, 그는 열쇠 꾸러미를 현관 바닥에 내던지면서 자기 아내를 향해 욕설을 퍼부었다.

"야, 이년아! 집에서 애나 잘 보라고 그랬지. 왜 어린이집에 보내서 다치게 만들어!"

아내를 향한 욕설은 결국 나를 향한 분노였다.

어찌어찌하여 그 상황을 잘 마무리하기는 했지만, 그 일로 인해 소중한 남의 집 아이들을 안전하게 보호하는 일이 굉장히 부담스럽게 느껴졌다. 아무리 내가 좋아하는 일이고 열정이 크다 해도 경험이 적은 처지에 감당해낼 수 있을까 하는 회의도 들었다.

그러나 어느 순간 낙관적인 마음이 솟아올랐다. 고개를 들고 먼 곳을 바라보는 심정으로 문제를 바라보니, 다른 어떤 일을 한다 한들 난관이 없겠는가 싶었다. 인생을 살아가는 게 어떻게 내 뜻대로만 되겠는가, 나와 생각이 다른 사람들을 인정하자, 그들을 인정하지 않으면 나만 힘들 뿐이다……

어차피 겪어야 할 문제라면 내가 좋아하는 분야에서 싸워내기로 했다. 그래야만 가장 큰 보람을 느낄 테니까. 그렇게 어린이집을 운영하면서 겪었던 어려움들은 비가 온 뒤에 땅이 더 단단해지듯이 나를 더 굳건하게 만들어주었다.

/// 꿈꾸기, 행복의 조건 ///

긍정의 힘

"무슨 생각을 하느냐에 따라 그가 어떤 인물이 될 것인가를 결정합니다."

미국의 유명한 방송인 오프라 윈프리가 한 말이다.

평범한 여자로서는 감당할 수 없을 만큼 큰 시련을 극복한 여성의 말이기에 더욱 울림이 깊다. 어려운 처지에 있을 때 비관적인 생각을 한다면 좌절하겠지만, 뭔가를 꿈꾸고 소망한다면 행복해질 수 있다고 믿는다. 나 또한 그러한 경험을 가지고 있기 때문이다.

내 나이 스물여섯 살. 유아교육에 깊은 관심을 가지고 몬테소리

교육 프로그램을 공부하면서부터 아이들에게 몬테소리 교육을 지도해보고 싶은 열망이 간절했다. 그 꿈을 실현하기 위한 가장 빠른 길은 어린이집을 개원하는 것이었다.

그러나 당시 나는 모아둔 돈도 별로 없었고, 교사생활로 받는 월급을 통째로 엄마에게 맡기고 용돈 3만 원씩 받아 쓰던 시절이었다. 현실적으로 어린이집을 운영한다는 건 불가능했다. 하지만 불가능한 현실을 인정하고 받아들이기에는 너무 젊은 나이였다. 어쨌거나 앞뒤 생각 없이 난 엄마에게 도움을 요청하기로 했다.

"엄마, 어린이집을 개원해서 운영하고 싶어요."

물론 엄마는 현실적인 이유를 대며 반대했다.

"돈이 없는데 어떻게 개원을 하니? 게다가 아직 나이도 어린데 얼마나 고생을 하려고 그래. 지금은 무리니까 좀 더 경험을 쌓은 뒤에 차리면 안 되겠니?"

물론 엄마의 의견이 옳았다. 하지만 나는 무모한 고집을 부리며 매달렸다.

"꼭 도전해보고 싶어요. 제 결혼 자금으로 모아두신 돈을 미리 주시면 안 돼요?"

내 머릿속에는 어떻게 해서든 어린이집을 개원하겠다는 생각밖에 없었다. 결국 나의 간절하고 끈질긴 설득으로 엄마의 마음을 움직였고, 스물일곱 나이에 상가건물에 있는 예쁜어린이집을 운영할 수 있게 되었다.

보증금 500만 원에 월세 60만 원으로 시작한 나의 어린이집.

남들에게는 무모한 도전으로 보이는 일이었지만 그때 내게는 젊음과 열정이 있었다.

젊음과 열정이라니, 그때를 생각하면 나도 웃음이 나온다. 그러나 한순간의 치기는 아니었다. 그때 나는 진지한 자세로 임했으며, 무엇보다 나 자신을 믿고 있었다. 무슨 일이든 일단 시작하면 최선을 다해 몰입하는 열정, 그동안 교사생활을 하면서 쌓았던 경험들, 몬테소리 교육에 대한 자신이 있었던 것이다.

물론 전혀 걱정을 안 했다면 거짓말일 것이다. 무턱대고 경영에 뛰어들었다가 실패하면 어떻게 하나 두렵기도 했다. 하지만 나는 나 스스로에게 긍정의 메시지를 계속 보냈다.

'난 꼭 성공할 거야. 자신 있어. 내 나이 스물일곱 살인데 혹시 실패한다고 해도 마흔 살 넘어서 실패하는 것보다는 낫겠지. 젊으니까 다시 일어날 수 있을 거야. 젊어 고생은 사서도 한다잖아.'

나에게 꼭 성공할 수 있다는 긍정적인 믿음이 없었다면 현재의 나는 없었을 것이다. 앞으로도 난 내가 쓴 미래 일기를 떠올리며 끊임없이 노력할 것이다.

그리고 분명히 그 꿈을 이룰 것이다.

/// 꿈꾸기, 행복의 조건 ///

나한테는
엄마가 있다

나는 웬만하면 다른 사람을 부러워하지 않는 편이지만 어린 시절
에는 곧잘 친구들을 부러워하곤 했다.

"지난 일요일에 아버지랑 낚시하고 왔어. 물고기를 열 마리나 잡
았는데 진짜 즐거웠어."

"어제 아버지랑 안양에 가서 외식하고 왔어."

"과자 먹어볼래? 우리 아버지가 사주신 거야."

친구들에게는 일상적인 이야기였겠지만 듣는 나에게는 얄밉기
짝이 없는 자랑이었다. 어두워진 표정을 숨기기 위해 고개를 숙이
곤 했다.

그러다가도 아버지가 술에 취해서 엄마랑 싸웠다거나 아버지한테 매를 맞았다고 속상해하는 친구들의 모습을 볼 때면 차라리 아버지가 안 계신 내 처지가 더 나을 수도 있다고 생각했다. 그러나 어린 나이였기에 아버지의 빈자리에 대한 쓸쓸함은 어쩔 수 없었다.

내 힘으로 학비를 벌어 대학에 가겠다고 큰소리 치고 인문계 고등학교에 진학한 뒤로는 아르바이트를 시작했다. 주말이면 안산에서 멀리 떨어진 곳으로 일을 하러 다녔는데, 거리가 멀다 보니 시간도 많이 걸리고 몸도 피곤했다. 가까운 곳에서 일할 수 있으면 얼마나 좋을까 하고 생각하던 어느 날, 종례시간에 담임선생님께서 귀가 번쩍 뜨이는 말씀을 하셨다.

"가정형편이 어려운 학생에게 학교 매점에서 아르바이트할 기회를 주기로 했다. 신청할 사람은 신청서를 써서 제출하도록."

아마도 근로장학생이라는 타이틀이었던 것 같다. 나로서는 좋은 기회였지만 선뜻 신청하지 못하고 망설였던 기억이 난다. 감수성 예민한 나이였기 때문에 아버지가 돌아가셔서 가난한 나의 처지를 친구들이 알게 되는 게 두려웠던 것이다. 그러나 나는 현실적으로 판단했다. 주말마다 먼 곳까지 가서 일하는 것보다는 평일에 학교에서 아르바이트를 하는 게 나에게는 훨씬 효과적이었으니까. 또한 공부할 시간도 더 벌 수 있기에 내겐 일석이조였다.

신청서를 내고 얼마 후, 옆 반의 한 친구가 함께 근로장학생으로

일하게 되었다. 우리는 쉬는 시간과 점심시간마다 매점으로 달려가서 학용품과 간식거리들을 판매하거나 컵라면에 물을 부어주는 일을 했다.

하루는 나와 같이 일하는 친구에게 물었다.

"넌 무슨 사정으로 일하게 된 거야?"

"엄마 아빠가 안 계셔. 일찍 돌아가셨거든. 지금 할머니랑 살고 있는데 동생들도 있어서 학비는 내가 벌어야 해. 할머니가 고생하시는데 나라도 돈을 벌어야지."

그 친구의 이야기를 듣는 순간 엄마의 얼굴이 떠올랐다.

'아, 나한테는 엄마가 있지.'

아버지가 안 계신다는 것만 신경 쓰다 보니 엄마가 나에게 얼마나 큰 기둥인지를 잊고 살았던 것이다. 양친 부모를 다 잃은 친구에 비하면 나는 힘든 것도 아니겠구나 하는 생각에 부끄러워졌다. 그리고 아버지 있는 친구들을 부러워하고 질투했던 나를 반성하게 되었다.

나에게는 엄마가 있다. 그 존재만으로도 얼마나 큰 힘이 되고 감사한 일인지…….

불혹을 훌쩍 넘긴 이 나이에도 내 곁에 엄마가 있다고 생각하면 어린 아이처럼 마냥 즐겁고 편안하다. 어떤 어려움이 있어도 헤쳐 나갈 수 있을 것 같은 기분이다. 그러고 보면 고비가 닥칠 때마다 무난하게 잘 넘겨온 것도 등 뒤에 엄마가 계셨기 때문인 것 같다. 언제나 나를 응원해주고 내 편이 되어주는 그 시선이 없었다면 어떻게 힘을 낼 수 있었을까…….

간절히 소망하는 자만이
꿈을 이룬다

처음 개원한 어린이집은 상가 건물 안에 있었다. 그 공간에서 8년 운영하면서 나는 마음속으로 한 가지의 목표를 키워왔다.

'아이들이 좀 더 좋은 환경에서 뛰어놀 수 있게 해주어야겠다.'

돈이 없어 월세를 내며 어린이집을 운영해온 상황에서 그것은 너무 먼 훗날의 꿈이었지만 포기하지 않고 늘 기도했다.

'하나님, 저희 어린이집 아이들이 마음껏 뛰어놀 수 있는 작고 아담한 공간을 허락하여 주시옵소서. 평생 아이들을 사랑하며 아이들이 행복하게 성장할 수 있도록 돕고 싶습니다.'

현실 가능성이 낮다고 해서 꿈을 포기하는 건 어리석은 짓이다.

불가능할수록 더욱 소망을 간절히 갈구하는 마음으로 살아갈 때 기회를 잡을 수 있다고 믿는다.

나는 한 걸음 더 나아가, 놀이터 주변으로 토지 매물이 나오면 소식 달라며 부동산중개업소에 부탁까지 해놓았다. 물론 당장 땅을 사서 새 건물을 지을 경제적 여력은 없었다. 그러나 터가 좋은 곳이 있으면 미리 사두었다가 나중에 버젓하게 신축 어린이집을 지을 셈이었다.

그러던 어느 날 부동산에서 소식이 왔다. 놀이터 근처는 아니지만 뒤에 산이 있고 조용해서 어린이집을 짓기에 좋은 땅이 매물로 나왔다는 것이다. 직접 가서 위치를 확인해보니 정말 마음에 쏙 들었다. 자금 사정이 넉넉하지는 않았지만 은행의 융자를 받아 땅을 매입하기로 결심했다. 그러자 엄마가 크게 반대하고 나섰다. 지금도 괜찮은데 왜 괜한 일을 벌이느냐, 자금도 턱없이 부족하면서 무리해서 땅을 사는 건 위험하다. 당장 건물을 지을 수도 없으니 나중에 안전하게 진행해라……

물론 엄마의 충고는 옳다. 또한 자식이 고생할까 봐 걱정되어 하시는 말씀인 것도 잘 안다. 그러나 이번에도 나는 내 결정대로 밀어붙였다. 땅을 사두었다가 10년 뒤쯤 신축하기로 작정했기 때문이다. 그런데 막상 땅을 매입하고 나자 느긋해지기는커녕 하루라도 빨리 건물을 올리고 싶은 마음이 간절해졌다. 새로 지은 넓고 쾌적한 환경에서 아이들이 뛰어놀 것을 상상하니 10년 후라는 시점이

너무 길고 멀었다.

나의 이런 마음을 알게 된 형부가 선뜻 도움의 손길을 내밀었다. 마음에 드는 어린이집을 지으라고 무이자로 돈을 빌려준 것이다. 나로서는 무어라 말로 표현할 수 없을 만큼 감사한 일이었다.

형부의 말에 힘입어 땅을 매입한 지 7개월 만에 어린이집을 착공했다. 완공된 건물이 바로 지금의 예쁜어린이집이다. 2002년 10월 1일부터 공사를 시작했는데, 나는 하루도 빠짐없이 공사현장에 들러 철근이 몇 개 들어가는지, 레미콘 차가 몇 대 왔다 갔는지를 꼼꼼히 살피며 공사가 진행되는 과정을 체크했다. 건물이 조금씩 그 모습을 갖추어갈 때마다 느꼈던 감동과 환희는 지금도 잊을 수가 없다.

새로운 꿈을 가득 담은 어린이집 공사가 마무리되어 가던 그 해 겨울, 그때까지 운영하고 있던 어린이집의 건물주가 변경한 구조를 원상복귀하고 비워달라는 통보를 해왔다. 그 순간 나는 가슴을 쓸어내렸다. 건물을 미리 짓지 않았다면 어찌되었을까 생각하니 눈앞이 아찔했다. 형편이 부족하고 입지조건이 맞지 않아 땅을 사지 않았더라면, 그래서 건물을 올릴 엄두도 내지 못했다면 당장 원아들을 데리고 어디로 갈 수 있었겠는가.

때로는 긍정적인 생각과 도전이 난관을 뛰어넘는 해법이 되기도 한다. 물론 매사에 무리하게 밀어붙이는 행동은 위험하다. 다만 자신이 설계한 미래가 실현될 것이라는 긍정적인 믿음을 가지고 뒷걸

음치지 않는 마음가짐은 대단히 중요하다.

앞으로도 살면서 얼마나 많은 선택을 할지 모르겠다. 나의 선택이 때론 성공하기도 할 것이고 실패하기도 할 것이다. 그러나 향후에도 앞을 향해 나아가는 긍정적이고 도전적인 태도를 버리지 않을 것이다.

어떤 책에서 이런 일화를 읽었다.

신발을 생산하는 회사에 다니는 세일즈맨 두 명이 아프리카로 출장을 갔다. 새로운 시장을 개척하기 위해 아프리카 현장을 살펴보던 두 세일즈맨은 깜짝 놀랐다. 그곳 사람들은 모두 신발을 신지 않은 채 맨발로 걸어 다니고 있었던 것이다.

답사를 마친 두 사람은 본사에 다음과 같이 서로 다른 보고서를 제출했다.

"신발 수출 불가능. 가능성 0%. 전원 맨발임."

"황금 시장. 가능성 100%. 전원 맨발임."

주어진 상황에서 어떤 판단을 하고 선택을 하느냐는 결국 자신의 몫이다. 그러나 인생은 긍정적인 마인드를 가지고 진취적으로 임할 때 행복과 보람을 느낄 수 있다고 생각한다. 내가 사랑하는 어린 제자들도 그런 마음으로 살아가기를 바란다.

아버지가 들려준
칭찬 한마디

어린 시절의 나는 사내아이처럼 씩씩하고 활달했다. 뒷동산에 올라가 사내아이들과 어울려 총싸움을 하거나 '오징어', '동서남북' 같은 활동적인 놀이를 즐겼다. 겨울에는 추위에 손등이 갈라져 피가 나도록 밖에서 구슬치기를 했고, 정월대보름이 되면 시간 가는 줄 모르고 논에서 쥐불놀이를 했다.

가장 흥미진진했던 놀이는 쥐불놀이로, 빈 깡통에 못을 대고 망치로 두들겨 구멍을 낸 다음 철사를 길게 연결해 손잡이를 만들었다. 그리고 동네 오빠들이 논두렁에다 불쏘시개를 만들어놓으면 그것을 얻어 깡통 안에 넣고 마른 풀을 채운 뒤 깡통을 힘차게 돌리면

불길이 활활 타올랐다. 그 불을 논두렁에 놓아 나락들이 타는 모습을 지켜보던 기억이 난다. 그런 쥐불놀이를 즐거워하는 여자아이는 나밖에 없었다. 다른 여자아이들은 주로 마당에서 강강술래를 하며 놀았기 때문이다.

아버지는 사내아이처럼 산으로 들로 뛰어다니며 놀던 나를 무척이나 귀여워해 주셨다. 남아 선호사상이 아직 깊이 남아 있던 그 시절, 아버지는 둘째인 내가 태어날 때 아들이기를 바라셨다. 그래서인지 자라면서 여자아이답지 않게 씩씩한 내가 믿음직스러우셨던 모양이다.

아버지가 나에게 들려준 격려의 말들이 아직도 기억에 남아 있다.

"우리 영란이는 무인도에 떨어뜨려도 살아남을 아이야."

"우리 영란이, 한국 최초의 여판사로 만들어야지."

말을 조리 있게 하는 딸의 모습에서 아버지는 최초의 여성판사를 상상했던 모양이다. 어린 그때에도 나에 대한 기대와 믿음이 가득했던 아버지의 마음을 느낄 수 있었다. 비록 최초의 여성판사가 되지는 못했지만 나는 늘 아버지의 기대를 생각하면서 살았고, 씩씩하고 정의로운 사람이 되고자 노력했다. (몇 년 전 김영란이라는 분이 한국 최초의 여성대법관으로 임명되었다. TV에서 이 뉴스를 보았을 때 가장 먼저 아버지가 떠올랐다. 하늘에 계신 아버지가 대법관 김영란이 당신 딸이 아니라는 사실에 실망하시진 않을까 생각하며 피식 웃었다.)

어릴 때 아버지가 들려준 격려의 말은 지금까지도 잊히지 않는다. 일찍 돌아가신 아버지에 대한 소중한 추억이기 때문일까? 그럴지도 모른다. 그러나 사내아이처럼 천방지축으로 뛰어다니던 어린 딸을 혼내지 않고 씩씩하다고 칭찬해준 아버지의 말 한마디는 내가 살아오는 동안 큰 힘이 되어주었다.

유아교육을 전공하여 20년 넘도록 아이들을 지도해온 입장에서 볼 때 이미 아버지는 올바른 자녀교육을 실천하셨다. 자식에 대한 부모의 믿음과 응원만큼 훌륭한 교육은 없기 때문이다. 특히 기본적인 인성이 형성되는 영유아기의 성장에 부모의 칭찬은 굉장히 중요한 영향을 끼친다.

그러한 시기의 아이들을 가르치다 보면 종종 무거운 책임감을 느낀다. 그런데 정작 부모들은 전혀 준비가 되어 있지 않은 경우를 가끔 보게 된다.

"얘가 커서 뭐가 되려고 저 모양이야!"

"말 좀 들어! 넌 누굴 닮아서 버릇이 없니!"

"뭐 하나 제대로 할 줄 아는 게 없다니까!"

"누구는 책도 읽는데 왜 너는 쉬운 글자도 못 읽니?"

그런 모습을 볼 때마다 참 안타깝다. 아이는 사랑과 칭찬으로 키워야 한다.

이제 막 하나씩 배우기 시작하는 아이들에게 너무 많은 걸 기대하는 부모에게 들려주고 싶은 말이 있다.

/// 꿈꾸기, 행복의 조건 ///

'조금만 더 기다려주세요. 그리고 아이의 장점을 찾아서 칭찬해 주시고 격려해주세요. 그러면 아이 스스로 깨우칠 거예요. 자식은 부모가 믿어주는 만큼 성장한다는 걸 잊지 마세요.'

3장

어둠을 탓하기보다는 한 자루의 촛불을 켜라

알을 깨고 나오는 과정이
진정한 배움이다

2002년 가을 '크리스토퍼'라는 리더십 교육을 받던 때를 생각하면 감회가 새롭다.

처음 교육을 받으러 갔을 때 남성 멤버가 생각보다 많아 당혹스러웠던 기억이 난다. 그동안 유아 교육기관에서 거의 여성 교사들과 어울려온 터라 30여 명의 수강생 중에서 남성 CEO가 20명이나 되었기 때문에 낯설기도 하고 쑥스러웠다. 좋은 교육이라고 추천해준 지인의 소개로 참여하긴 했지만 교육을 받으러 가는 게 걱정스러울 정도였다.

눈을 어디에 두어야 할지 몰라 당황하는 나의 마음을 눈치 채셨

는지 강사 팀장님께서는 매주 두 번씩 내게 전화를 걸어주었다.

"김영란 선생님, 어제 낭독 잘했어요. 다음 주도 기대됩니다."

"김영란 선생님, 일주일 동안 잘 지냈어요? 이번 주 과제는 잘하고 있죠? 저녁에 강의실에서 봐요."

이디 그뿐인가. 앞에 나가서 발표를 할 때면 얼굴이 홍당무가 되어 떨고 있는 나를 향해 따뜻한 눈빛과 미소를 보내주면서 고개를 끄덕여주었다. 발표가 끝나면 엄지손가락을 세워 보이며 잘했다는 칭찬과 격려도 잊지 않았다. 나중에 알았지만, 크리스토퍼 리더십 코스의 강사들이 무보수로 자원봉사를 하고 있다는 사실에 나는 깜짝 놀라고 말았다.

'보수 없는 봉사활동을 하면서도 저렇게 마음을 다해 정성을 쏟는구나.' 싶어 감동도 받았지만 마음이 훈훈해지기도 했다.

팀장님의 사랑과 배려 덕분에 나는 점점 크리스토퍼 리더십 과정에 매료되었다. 그리고 드디어 10주 동안의 과정을 무사히 마치고 당당히 수료식에 참석하게 되었다. 수료식 날 왜 그렇게 눈물이 쏟아지던지……

그것은 고마움과 기쁨의 눈물이었다.

많은 사람들 앞에서 자신 있게 발표하는 내 모습에 스스로도 놀랐다. 내게 이 수업의 의미는 리더십에 관한 배움 이상이었다. 그동안 내가 어떤 모습으로 살아왔는지를 반성하는 계기를 마련해주었

/// 꿈꾸기, 행복의 조건 ///

고, 앞으로 타인과 어떻게 관계를 맺으며 살아야 할지를 깨닫게 하는 소중한 시간이었다.

수료식을 마친 후에는 강사 팀으로부터 의외의 제안을 받았다. 강사 활동을 해보라는 추천을 받은 것이다. 기쁨보다는 걱정이 앞섰다. 팀장님처럼 나도 다른 사람들을 따뜻하게 잘 이끌어줄 수 있을까 생각하면 자신이 없었다. 그러면서도 쉽게 거절하지 못한 이유는 내가 받은 배려를 다른 이들에게 전달해주고 싶은 열망 때문이었다. 결국 잠시 고민을 했지만 나는 제안을 수락하기로 했다.

그 후 강사 교육 1, 2단계를 거쳐 크리스토퍼 리더십 코스의 강사가 되었고, 2003년부터 지금까지 강의 활동을 죽 이어오고 있다. 처음 배울 때는 상상도 할 수 없었던 길이다. 하지만 인생은 예상할 수 있는 일과 예상치 못한 일들이 늘 반복되는 법.

'어둠을 탓하기보다는 한 자루의 촛불을 켜라.'

이 한마디에 크리스토퍼 교육의 정신이 담겨 있다. 나는 이 말을 가슴에 새겨놓았다. 그리고 언제 어디서든 이 의미에 부합하는 행동을 하고자 노력한다. 강의도 마찬가지다. 처음 수업을 받던 때의 나를 떠올리며 지도한다. 남들 앞에 서는 게 두려워 발표조차 힘들어하던 나를 생각하면 수강생들을 진심으로 배려할 수 있게 된다. 그런 지도에 따라 행동의 변화를 보이는 이들의 모습을 보면 참 흐뭇하고 행복하다.

세상은 험하고 거칠지만 따뜻한 사람들의 배려가 있어 조금 더 살기 좋은 세상이 된다고 믿는다. 나도 그러한 기운에 작은 힘을 보태고자 한다.

여행과 인생의
공통점

여행과 인생의 공통점이 있다면?

첫째, 시작과 끝이 있다.

둘째, 목적지가 있다.

셋째, 짐이 많으면 힘들다.

넷째, 도와주는 사람이 있으면 목적지에 잘 도착할 수 있다.

다섯째, 누구와 함께 하느냐에 따라 내용이 달라진다.

친한 이들과 만나는 자리에 가면 누군가 즉흥적으로 '여행 갑시다!' 하고 제안할 때가 있다. 그러면 다들 묻는다.

"어디로 갈까요?"

누군가는 이렇게 말한다.

"어디로 가는 게 뭐 중요한가요? 누구랑 함께 가느냐가 중요한 거지."

나도 이 말에 공감한다.

그동안 다양한 사람들과 여행을 다녀본 결과 어디를 가느냐보다는 어떤 사람들과 함께 가느냐가 더 중요하다고 느끼게 된다. 때로는 동행자를 민망하게 만들거나 난처하게 하는 이들을 만날 때가 있기 때문이다. 특히 사소한 것 하나하나 따지며 불평을 늘어놓는 사람이나 일방적으로 자기 방식을 고집하는 사람이 있으면 여행이 즐겁지 않다. 그래서 그런 사람과는 두 번 다시 여행하지 않겠다는 마음을 먹게 된다.

한편 경치 좋은 곳은 아니어도 동행자 때문에 여행이 즐거워지기도 한다. 나를 향해 환하게 웃으며 기분 좋은 말을 건네주는 이가 있으면 왠지 여행이 더 유쾌해진다.

"와! 여기 정말 아름답네요. 걱정거리가 씻은 듯이 사라졌어요!"

"이 집 음식 정말 맛있어요. 소개해줘서 고마워요."

"다른 사람이 운전해주는 차를 타서 그런지 편하게 잘 왔어요."

같은 상황에서도 긍정적으로 이야기하는 사람에게서는 활기찬 에너지가 느껴진다. 그런 사람과는 다음 여행도 같이 가고 싶어진다.

우리 인생도 마찬가지가 아닐까. 인생이라는 여행을 어떤 사람과

/// 꿈꾸기, 행복의 조건 ///

함께할 것인가는 매우 중요한 문제다. 동반자가 누구인가에 따라 내 인생의 내용이 크게 달라질 테니까.

살아가면서 우리는 수많은 사람들을 만나지만 모두 '관계'를 맺지는 않는다. 어떤 이는 한 번의 만남으로 인연이 끝나기도 하지만 어떤 이는 10년, 20년 지속되기도 한다. 악연이 아닌 이상 오래 만나는 관계가 형성되었다면 그는 내 인생에 중요한 사람이라는 것을 의미한다.

생각해보면 내 삶에 좋은 영향을 주신 분들이 참 많다. 그 중에 떠오르는 한 분은 키즈엠 프로젝트 연구소의 김미옥 소장님이다.

여성스럽게 예쁘고 조용한 분,

부드러운 카리스마를 지닌 분,

어느 누구에게나 친절한 분,

말을 예쁘게 잘 하는 분,

상대방의 장점을 인정해주고 격려해주는 분…….

내가 알고 있는 소장님은 이렇듯 멋진 분이다.

10년 전, 아이들에게 좀 더 효과적인 교육 프로그램이 없을까 고민할 때 소장님을 만났는데 이 연구소의 프로젝트 수업을 도입하여 진행하면서 관계가 더욱 친밀해졌다. 예나 지금이나 한결같은 인품과 열정에 나는 때때로 힘을 얻곤 했다. 특히 아이들에 대한 사랑과 교사들에 대한 속 깊은 배려를 볼 때면 같은 분야에 몸담고 있는 한 사람으로서 보람을 느낀다. 나 또한 아이들에게 어떤 환경을 만들어주어야 할지, 어떤 교사가 되어야 할지, 어떤 원장이 되어야 할지를 끊임없이 고민하게 만들어주는 분이다.

강의를 시작할 때면 나는 이런 이야기를 빼놓지 않는다.

"여러분 주변을 한번 둘러보세요. 어떤 사람들이 있나요? 그들은 부정적인가요, 아니면 긍정적인가요? 자신은 긍정적으로 생각하는 사람일지라도 주위에 불평불만만 늘어놓고 부정적으로 이야기하는 사람들이 많다면 자신도 모르게 부정적인 사람이 되어갑니다. 반면 자신이 아무리 부정적인 사람이라 해도 감사와 긍정의 이야기를 많이 하는 사람들과 어울린다면 자신도 모르게 긍정적인 사람이 되어갑니다. 여러분은 어떤 사람들과 함께하고 싶습니까? 저는 여러분께 긍정적인 사람들과 어울릴 것을 권해드리고 싶습니다."

늦깎이 대학원생의
행복 나눔

　마흔다섯이라는 늦은 나이에 용기를 내어 대학원에 진학하게 되었다. 이제 와서 정식으로 공부를 하자니 처음에는 두려움이 앞섰다. 젊을 때처럼 잘 외워지지 않는다는 게 가장 큰 이유였다. 내 머릿속에 지우개가 있는 것처럼 메모하지 않으면 잊어버리는 일이 다반사인데 그 어려운 공부를 어떻게 소화할 수 있을지……. 더군다나 일과 병행해야 하기 때문에 시간을 쪼개어 공부를 해야 하는데 과연 젊은 친구들을 잘 따라갈 수 있을까 걱정스러웠다.

　섣부른 용기를 냈다가 후회하지 않을까 망설였지만 후퇴하고 싶지는 않았다. 저지르듯이 등록을 하고 학교에 갔을 때 그나마 위로가 된 것은 나보다 나이 많은 50대 동기들이 있다는 사실이었다. 나보다 더 큰 용기를 냈을 그분들을 보자 마음이 든든했다.

20대부터 50대까지 다양한 세대가 함께하는 대학원 수업 분위기는 의외로 활기찼다. 토론 및 과제와 발표를 위해 조를 편성할 때 세대 차이 때문에 팀워크를 잘 이룰 수 있을까 하는 걱정도 있었는데, 그런 나의 생각은 기우에 불과했다. 각 세대의 장점으로 상호 보완되기 때문이다. 20, 30대의 젊은 친구들은 톡톡 튀는 재치 있는 아이디어가 많았고 컴퓨터 프로그램을 능숙하게 다루었다. 그리고 40, 50대는 그동안 쌓아온 현장 경험으로 여러 노하우를 지니고 있었고 발표 능력이 뛰어났다.

그야말로 우리의 호흡은 환상적이었다. 누구 하나 자신의 실력을 부각시키기 위해 나서거나 일방적으로 주장하지 않았고, 자기 몫을 다른 사람에게 미룬 채 묻어가려는 얌체도 없었다. 우리는 나이 차이의 불협화음에 대한 우려를 멋지게 불식시켰다. 이것은 혼자서는 결코 해낼 수 없는 결과로, 성숙한 협업의 정신을 펼쳐 보여주었다.

2학기에는 앳된 나이의 4학기 선배와 같이 강의를 듣게 되었다. 교사생활을 하고 있는 그 젊은 선배는 논문 계획서를 완성했다고 했다. 그런데 표정이 어두웠다. 무슨 문제가 있는지 물었더니 이렇게 털어놓았다.

"걱정스러운 게, 5학기엔 설문지를 돌려 논문을 마무리해야 하는

/// 꿈꾸기, 행복의 조건 ///

데 부탁을 드릴 유치원이 없어요."

선배의 표정을 보고 있자니 돕고 싶은 마음이 들었다. 게다가 오 랫동안 어린이집을 운영해온 터라 잘 알고 지내는 원장들이 제법 많았다. 그래서 선뜻 말했다.

"설문지 돌릴 때 이야기하세요. 내가 도와줄게요."

"정말요? 정말요! 진짜 부탁드려도 돼요?"

내가 메모지에 전화번호를 적어주었더니 선배의 얼굴이 환하게 밝아지면서 감사하다는 인사를 거듭했다. 평소에 열심히 노력하는 젊은 선배의 모습이 참 예쁘게 보였다. 하루 종일 유치원에서 일하 고 피곤한 몸으로 저녁마다 공부하러 다니기 쉽지 않았을 텐데 항상 밝은 표정으로 임하는 그 마음이 내게 작은 감동을 주었던 것이다.

그런 선배가 5학기가 되자 정식으로 부탁을 해왔다.

"설문지를 준비해놨는데 진짜 부탁드려도 될까요?"

"그럼요."

선배는 말로 고마움을 다 표현하지 못했는지 문자까지 보내주었다.

'원장님, 흔쾌히 도움을 주셔서 진심으로 감사드려요!!'

결과적으로 평소 친분 있는 원장들에게 부탁을 하여 많은 양의 설문지를 회수할 수 있었고, 그 선배는 무사히 논문 심사에 통과되 어 졸업하게 되었다. 졸업장을 받으며 기뻐했을 선배의 얼굴이 눈 에 선하다.

사람들은 말하길, 공부는 혼자서 하는 것이라 한다. 물론 자기 공부를 남이 대신 해줄 수는 없는 일이다. 그러나 각기 다른 세대가 한 팀을 이루어 과제를 훌륭히 완수하거나 논문을 무사히 마칠 수 있도록 도움을 주고받는다면 더 좋은 결과를 얻을 수 있을 것이다. 아니, 결과를 떠나서 더 행복해질 수 있다고 믿는다. 누군가를 위해 기꺼이 도와줄 수 있다는 건 행복한 일이기 때문이다. 그리고 상대의 기쁨을 함께 기뻐할 수 있는 것 역시 행복이다.

세상은 다른 사람과 더불어 살 때 더욱 아름다워지니까.

작은 용기들이 모여
미래의 강이 된다

솔개는 가장 장수하는 새로 알려져 있다.

최고 70년 정도 수명을 누릴 수 있다.

하지만 40년이 지나면 중요한 결심을 해야 한다.

노화된 발톱, 가슴에 닿을 만큼 길게 자라 사냥을 못하게 된 부리,

짙고 두껍게 변해서 하늘을 향해 날갯짓하기 힘든 깃털.

솔개에게는 두 가지의 선택이 있을 뿐이다.

하나는 가만히 죽을 날을 기다리는 것이다.

또 다른 하나는 매우 고통스러운 수행에 도전하는 것이다.

수행의 길을 선택한 솔개는 산 정상으로 날아오른다.

그리고 그곳에 둥지를 틀고 부리로 바위를 쪼아댄다.

부리가 깨져서 빠져나갈 때까지.

그러면 새로운 부리가 돋아나고, 그 튼튼한 부리로 이번에는 발톱을 뽑아낸다.

그다음에는 날개의 깃털을 하나씩 뽑아낸다.

이렇듯 새 깃털이 돋아나는 데 반년이라는 시간이 걸린다.

새로운 모습으로 변신한 솔개는 힘차게 하늘로 날아오른다.

용기를 내어 고통을 견딘 솔개는 30년이라는 수명을 더 힘차게 살아갈 수 있다.

솔개의 인생은 우리 삶에도 의미 있는 깨달음을 전한다. 자기 한계에 부딪혔을 때 또는 새로운 도전에 직면했을 때 이전의 자신을 버리고 새롭게 거듭나야 한다는 교훈을 안겨준다. 그러나 실제로 실천하기란 결코 쉽지 않다. 두려움이 가로막고 있기 때문이다. 그 두려움을 이겨내려면 진정한 용기가 필요하다.

사실 우리는 이미 수많은 용기를 발휘하며 살아가고 있다. 처음 자전거를 배울 때를 떠올려보면 알 수 있다. 수없이 넘어지고 다치면서도 인내심을 가지고 다시 도전하는 과정을 거쳐야 비로소 자전거를 타고 달리는 기쁨을 맛볼 수 있다.

도전과 용기는 그보다 더 어린 시절부터 시작된다. 기어다니던 아기가 제 발로 서고, 비틀거리면서 첫 걸음을 떼고, 넘어지면서 걸

음마를 익히게 마련이다. 아이가 스스로 걷기 위해서는 2000번을 넘어져야 한다고 하지 않는가.

조금 더 자란 아이는 학교생활에 도전한다. 낯선 길, 낯선 건물, 낯선 사람과의 첫 만남을 견디어내는 과정을 통해 아이는 성장한다. 그렇게 새로운 세계를 받아들임으로써 더 넓은 세계로 나아가는 것이다. 우리의 삶은 그러한 과정의 연속이며, 지금 이 순간도 그러한 과정 속에 있다.

"돈을 잃는 것은 조금 잃는 것이고, 명예를 잃는 것은 많이 잃는 것이다. 그러나 용기를 잃는 것은 전부를 잃는 것이다."

이 유명한 말은 영국의 윈스턴 처칠이 남긴 교훈이다.

돈이나 명예는 잃어버려도 다시 회복할 수 있다. 하지만 용기를 잃으면 돈도 명예도 얻을 수 없다. 모든 것은 다시 도전할 수 있는 용기에서 비롯되기 때문이다.

작은 빗방울이 모여 시내가 되고 강물을 이루듯, 세상을 변화시키는 커다란 힘은 일상의 작은 용기에서 시작된다. 지나온 삶의 과정을 생각해보면 알 수 있다. 나 역시 어린이집을 개원하고, 교사들을 이끌고, 아이들을 만나는 모든 과정마다 용기가 필요했다. 그 작은 힘들이 지금 나의 현재를 만들어냈다.

언젠가부터 나도 모르게 이러한 신념을 가지게 되었다.

자신 있게 살자.

기쁘게 살자.

용기를 가지고 끝까지 도전하자.

용기로 자유를 얻고 행복을 가꾸자.

남의 말을
잘 들어주는 지혜

데일 카네기에 관련된 유명한 일화가 있다.

아프리카 여행을 마치고 온 어느 부유층 여성의 귀국 파티에 카네기가 초대되었다.

연회장에서 그녀는 카네기에게 물었다.

"뉴욕에서 가장 뛰어난 화술가를 만나 뵙게 되어 영광입니다."

"부인, 감사합니다. 최근 아프리카 여행을 다녀오셨다고 들었습니다. 왜 아프리카 여행을 하게 되었는지 궁금하군요."

카네기는 감사의 인사를 하고는 상대방의 여행에 대해 질문했다.

그 여성이 아프리카를 여행하게 된 이유를 설명하자 카네기는 다시 물었다.

"누구와 함께 아프리카를 가셨습니까?"

"언제 아프리카로 떠났습니까?"

"언제 돌아오셨습니까?"

"아프리카에서는 어디이디를 가셨습니까?"

"어떻게 가셨습니까?"

"아프리카에서는 구체적으로 어떤 활동을 하셨습니까?"

두 사람의 대화는 20여 분 동안 계속되었다. 이 대화에서 카네기가 말한 시간은 단 몇 분에 불과했다.

다음 날 뉴욕 신문의 명사 동정란에 이런 글이 실렸다.

"카네기 씨는 역시 뉴욕에서 가장 말을 잘하는 사람이다."

대부분 사람들은 성공하려면 화술이 좋아야 한다고 생각한다. 분명히 자신의 생각이나 주장을 조리 있게 잘 표현하는 능력은 일을 성사시키는 데 중요한 요소일 것이다. 그러나 진정한 화술의 비결은 잘 듣는 데 있다. 남의 말을 열심히 경청할 때 자신이 무슨 말을 해야 할지 정확히 판단할 수 있기 때문이다. 다시 말해 진정한 화술가란 상대의 말을 많이 듣고 그의 마음을 이해하는 사람이라 할 것이다.

이와 관련하여 내가 아는 세 명의 사람이 떠오른다.

한 사람은 만날 때마다 늘 자기 말만 늘어놓는다. 말의 소재는 대

/// 꿈꾸기, 행복의 조건 ///

체로 신문에 난 소식이거나 이미 내가 알고 있는 이야기다. 내가 잠시 한눈이라도 팔라치면 그는 내 어깨를 두드리고는 자기가 하던 말을 계속한다.

다른 한 사람은 내가 말할 때 건성으로 대답한다. 그는 늘 남의 이야기를 대충 듣는 습관이 있어서 상대가 했던 이야기를 잘 기억하지 못한다. 그래서 그에게는 속 깊은 이야기를 털어놓을 수가 없다.

마지막 한 사람이 있다. 그는 말수는 별로 없지만 몇 시간이고 나의 말을 진지하게 들어준다. 고개를 끄덕이며 묵묵히 듣다가 의문이 생기면 질문을 던진다.

나는 세 사람 중 마지막 사람과 가장 친하게 지낸다. 이유는 분명하다. 내 이야기를 열심히 들어주기 때문이다. 나를 이해하려는 마음이 느껴지기 때문이다.

사람은 누구나 타인으로부터 인정받고 이해받기를 원한다. 그래서 듣기보다는 말하고자 하는 욕망이 크다. 그런 욕망을 죽이고 상대의 이야기를 열심히 들으려면 마음이 넓어야 한다. 그러나 타인의 생각을 존중하고 배려할 줄 아는 능력은 한순간에 만들어지는 게 아니다.

가끔 나 스스로에게도 질문을 한다.

나는 듣는 사람일까? 말하는 사람일까?

진심은 말보다
행동으로 전달된다

어느 부부에게 시련이 닥쳤다. 아내의 시력이 점점 나빠지더니 급기야 눈 수술을 받게 되었는데, 수술 결과가 좋지 않아 아내는 시력을 잃고 말았다. 그 후 남편은 아내의 눈이 되어주었다. 매일 아내가 다니는 직장까지 데려다주고 퇴근 시간이 되면 어김없이 집까지 데려오곤 했다.

그러던 어느 날, 남편은 아내에게 혼자 출퇴근할 것을 요구했다. 자신의 회사와 거리가 너무 멀어서 힘들다는 이유였다. 자신에게 지극정성이던 남편의 말에 아내는 서운함을 넘어 배신감마저 느꼈다. 그녀는 오기가 생겨 그날 이후로 혼자 출근하기 시작했다. 그러

/// 꿈꾸기, 행복의 조건 ///

나 남편의 도움 없이 출퇴근하는 일은 험난하기 짝이 없었다. 지팡이를 짚고 다니다가 수없이 넘어졌고, 버스를 놓칠 때도 많았다. 지치고 힘들어 울기도 많이 울었다.

2년이 흐른 뒤, 혼자 다니는 게 어느 정도 익숙해졌을 때였다. 늘 그녀가 이용하는 버스의 운전기사가 말을 걸어왔다.

"아줌마, 복도 많습니다. 남편이 매일 버스에 같이 타시잖아요. 그리고 부인이 건물에 들어갈 때까지 지켜보다가 뒤에서 손을 흔들어주시더군요. 요새 그런 남편이 없어요."

어리둥절하던 그녀는 금세 모든 걸 알아차렸다. 남편은 자신이 스스로 세상을 살아갈 수 있도록 말없이 뒤에서 지켜주었던 것이다. 남편의 깊은 사랑을 깨달은 그녀는 울음을 터뜨렸다.

우리는 눈으로 보고 귀로 들을 수 있는 메시지에 익숙해 있다. 그러나 세상에는 그런 방식으로 전달되지 않는 메시지도 많다. 위의 이야기에서 남편은 아내의 홀로서기를 위해 단호한 결정을 내렸고, 말없이 뒤에서 지켜봐주었다. 이렇듯 우리는 감추어진 사랑의 메시지에 관심을 기울여야 한다.

입학상담을 위해 어린이집을 찾는 부모님들 중에는 의심의 눈초리를 보내는 분도 있다. 요즘 들어 유아 교육기관에서 불미스러운 사건들이 자주 발생되다 보니 부모의 불안한 심정이 오죽할까 싶다. 소중한 내 아이가 어린이집에서 안전하게 지낼 수 있을까 불안

/// 꿈꾸기, 행복의 조건 ///

해하는 부모의 마음은 충분히 이해한다. 원장 입장에서 우리 원에서는 어떠한 교육철학 아래 어떠한 프로그램을 실시하고 있는지, 얼마나 성심껏 아이들을 돌보는지를 열심히 설명하지만 말로써 믿음을 주기에는 역부족이다.

나로서는 하루하루 최선을 다해 아이들의 안전에 신경을 쓰고 교육에 정성을 기울이는 수밖에 없다. 그렇게 시일이 지나면 아이의 밝은 모습을 보면서 차츰 부모님들도 안심하는 눈치다. 원아를 등원시키고 데려다줄 때마다 만나는 어머니들의 눈빛이나 태도에서 그러한 변화를 확인할 수 있다. 무뚝뚝하던 어머니들의 표정은 어느덧 부드러워져 있고, 인사할 때 밝게 웃어주시기 때문이다.

하루는 충청도로 이사를 가신 부모님으로부터 이런 말을 들었다.

"처음 우리 수안이 입학시킬 때는 별 기대 없이 보냈는데 어린이집에 다니면서 수안이가 밝고 명랑해졌어요. 게다가 부모교육에 참여하면서 우리 부부도 많은 것을 배우고 깨닫게 된 것 같아요. 이사를 와보니까 그 고마움을 느끼겠더라구요. 예전에는 당연하다고 생각했던 사소한 과정도 사실은 세심한 배려가 없이는 불가능하다는 것도 알았어요. 참 고맙게 생각해요."

이렇듯 부모가 진심으로 고마움을 표현해줄 때 값진 보람을 느끼곤 한다.

사회생활을 할 때 강조되는 것 중의 하나는 '표현'이다. 타인과 잘 소통하기 위해서는 자신의 견해를 정확히 표현해야 한다고들 말한다. 그 말은 옳다. 그러나 언제나 항상 옳은 것만은 아니다. 때로는 말로 표현할 수 없는 경우도 있다. 번드르르한 말보다는 진심이 전해져야 하는 그런 때가 있는 것이다. 그럴 때는 묵묵히 정성을 다하는 수밖에 없다.

4장

이 세상
모든 아이들이
행복해질
때까지

자기 인생은
자기가 사는 것

어느 날, 몸의 각 부위들이 비상회의를 열었다.

첫 번째 코가 일어나 말했다.

"여러분! 지금처럼 경기가 어려운 때에 우리들 중 혼자 놀고먹는 못된 백수가 하나 있습니다. 바로 저와 가장 가까이 있는 입입니다. 그 입은 자기가 하고 싶은 애기 다 하고 먹고 싶은 음식도 다 먹습니다. 이런 의리 없는 입을 어떻게 할까요?"

그 말에 발이 맞장구를 쳤다.

"저도 입 때문에 죽을 지경입니다. 우리 주인이 얼마나 무겁습니까? 그 무거운 몸으로 몸짱 만들겠다고 뛰니, 저는 피곤해 죽을 지

/// 꿈꾸기, 행복의 조건 ///

경입니다. 내가 왜 이런 고생을 하나 가만히 생각해보니 저 입으로 맛있는 음식이 너무 많이 들어간 탓입니다."

다음에는 손이 말했다.

"게다가 입은 건방집니다. 먹을 때 스스로 먹으면 될 것을 꼭 나한테 시중을 들게 하잖아요? 개나 닭을 보세요. 그것들은 주둥이로 잘 먹는데 입은 나한테 이거 넣어라 저거 넣어라 하고 부려먹죠. 정말 아니꼬워 견딜 수가 없습니다."

마지막으로 눈이 말했다.

"이렇게 비판만 하지 말고 행동을 합시다. 앞으로는 맛있는 음식이 있어도 절대 보지 말고 냄새 맡지도 말고 입에 넣어주지도 맙시다."

모두들 그 제안에 동의하여 즉시 입을 굶기기 시작했다.

사흘이 지났다. 손과 발은 후들후들 떨렸다. 눈은 시야가 가물가물해서 잘 보이지 않았다. 코는 사방에서 풍겨오는 음식 냄새로 미칠 지경이었다.

그때 조용히 있던 입이 말했다.

"여러분! 이러면 우리가 다 죽습니다. 제가 저만 위해 먹습니까! 여러분들을 위해 먹는 것입니다. 먹는 것도 쉽지 않습니다. 때로는 입술도 깨물고 혀도 깨뭅니다. 그러니 너무 섭섭하게 생각하지 말고 서로 협력하며 삽시다."

이 세상에 '나'는 유일한 존재다. 그래서 타인은 결코 '나'를 대신

/// 꿈꾸기, 행복의 조건 ///

할 수 없다. 우리는 각자 다른 재능을 타고났고 성격도 취미도 다르기 때문이다. 따라서 사회에서의 역할도 각기 다를 수밖에 없다. 그 고유성을 이해하고 인정할 때 비로소 우리는 타인들과 조화를 이루며 살 수 있다.

초등학교 4학년 때 아버지가 돌아가신 이후 우리 집의 형편은 말이 아니었다. 그런 사정이 내 주변에 알려지는 것이 너무 싫었기에 고등학생이 될 때까지 아무에게도 이 사실을 말하지 않았다. 자존심 강한 나로서는 친구들이 동정할까 봐 두려웠던 것이다.

중학교 시절에 부모님 밑에서 부족한 것 없는 친구를 볼 때면 '저 친구는 아빠도 계시고 부자인데 왜 나는 이런 집에서 태어났을까?' 하고 원망도 했다.

원망하는 마음은 방황으로 이어졌다. 학교수업이 끝나면 친구들과 모여 인천에 있는 롤러스케이트장에서 오후 내내 시간을 보냈다. '인문계 고등학교에 진학할 수 없다면 차라리 놀자'라는 자포자기의 심정이었다.

방황의 나날이 계속되던 어느 날 어머니가 나를 붙잡고 울먹이셨다.

"네가 어떤 일을 해도 좋지만 아비 없는 후레자식 소리는 듣지 않았으면 좋겠다."

순간 나는 뒤통수를 강하게 얻어맞은 것 같았다.

그제야 모든 문제의 원인은 내 안에 있음을 발견했다. 다른 사람과 비교하며 나 스스로를 파괴하려 했음을 깨닫게 된 것이었다. 그 후로는 나 자신과 남을 비교하는 어리석은 짓을 그만두었고, 나의 현실과 상황을 받아들였다. 그러자 세상을 보는 눈이 달라졌다.

나는 중학교 3학년 겨울방학 때부터 아무 불평 없이 아르바이트를 시작했고 학비를 내 힘으로 벌기 시작했다. 대학을 졸업할 때까지 고학생으로 살아야 했지만 힘들다고 생각해본 적은 없다. 내 인생에 대한 책임은 전적으로 내 몫임을 깨달았기 때문이다.

이 세상 사람들은 서로 다른 조건에서 태어나고 자라서 서로 다른 형태로 살아간다.

가진 자와 못 가진 자, 강한 자와 약한 자, 건강한 자와 병든 자, 장애를 가진 자와 갖지 않은 자…… 참으로 다양하다. 현실적으로 불리한 조건에 있는 사람은 더 고되고 힘든 길을 걷기도 한다. 그러나 조건이 좋지 않다고 해서 좌절하거나 원망하는 건 자기 인생에 아무 도움이 안 된다. 도움이 안 될 뿐만 아니라 살아갈 힘까지 빼앗긴다.

우리는 모두 각자의 인생을 살 뿐이다. 누구도 대신 살아주지 않기 때문에 삶이 멋진 것이다. 자기 스스로 딛고 일어서는 기쁨과 성취감이 있기에 값진 인생이 되는 것이다.

작고 따뜻한 배려가
세상을 바꾼다

남편 없이 홀로 아이를 키우는 여인이 있었다.

어느 날 그녀는 꼬깃꼬깃한 만 원짜리 지폐 한 장을 들고 분유를 사러 슈퍼마켓에 갔다. 분유 한 통을 계산대에 올려놓고 돈을 내밀자 주인은 1만 6000원이라고 했다. 그녀는 한숨을 쉬고는 빈손으로 가게를 나설 수밖에 없었다. 그러자 가게주인은 분유를 제자리에 갖다 놓는 척하더니 슬쩍 바닥에 떨어뜨렸다. 그러고는 여인을 불러세워 깡통이 찌그러졌으니 반값에 팔겠다고 했다. 가게주인은 만 원을 받고 2000원을 거슬러주었다.

아이의 엄마는 감사한 마음으로 분유를 얻었고, 가게 주인은

8000원으로 보람을 얻었다.

여인의 입장을 배려한 가게주인의 마음 씀씀이가 따뜻하다. 그것은 동정이 아니라 인정이라 할 것이다. 세상은 각박하다지만 한 사람 한 사람 작은 인정을 베푼다면 그로 인해 더 나은 세상이 될 것이다.

어린이집을 운영하는 동안 수없이 많은 일들을 겪었다.

하루는 두 아이를 어린이집에 맡긴 어머니가 찾아와서는 기운 없는 목소리로 말했다.

"원장 선생님, 형편이 너무 어려워 아이들을 어린이집에 보낼 수 없을 것 같아요. 애들 아빠는 몸이 아파서 지금 일을 못하고, 아이들이 너무 어려서 저도 일을 할 수 없는 처지예요."

그 어머니의 음성이 떨리고 있었다.

그 순간 나의 가난했던 어린 시절을 떠올렸다. 그리고 내 속에서는 이렇게 말하고 있었다.

'돈 안 내도 괜찮으니까 아이를 계속 다니게 하라고 말씀드리자.'

하지만 혹시나 어머니의 자존심이 상할까 싶어 잠시 주저했다. 그러다가 문득 생각이 떠올라 이렇게 제안을 했다.

"어머니, 그냥 보내셔도 괜찮아요. 제가 일 년에 두세 명 정도 장학생으로 선발하는데, 두 아이를 장학생으로 받을게요."

그랬더니 나를 바라보는 어머니는 표정이 밝아졌다.

"정말 그래도 될까요? 이 은혜 잊지 않겠습니다."

기뻐하는 어머니를 보자 내 기분이 더 좋아졌다.

이후 그 일에 대해서는 아무에게도 말하지 않았다. 교사들이나 다른 학부모들이 알게 되면 두 아이의 어머니가 미안해하거나 수치스러워할까 싶어서였다.

우리는 평소에 선행을 하고 싶어도 잘 실행에 옮기지 못하는 경우가 많다. 그럴 때 스스로에게 이런저런 핑계를 대며 변명한다. 돈이 없어서, 배운 게 없어서, 시간이 없어서, 돈이 없어서…… 그러나 인정을 발휘하는 것은 그리 거창한 게 아니다. 돈이나 학력이나 시간 따위가 필요한 게 아니다. 특별히 용기를 낼 만큼 어렵거나 힘든 것도 아니다. 단지 자기가 있는 그 자리에서 타인에게 손을 내밀어주는 정도면 충분하다. 분유가 필요한 여인에게 값을 깎아주는데 무슨 자격이 필요하겠는가. 그저 따뜻한 가슴만 있으면 되는 것이다.

모든 사람은 스스로 자신의 몸을 태워 어둠을 밝게 비추는 촛불처럼 따뜻한 존재라고 믿는다. 자신이 그러한 존재라고 믿는 한 우리가 살아가는 세상은 분명 아름답다. 목마른 이에게 물 한 모금을 나눠주고 지친 사람에게 어깨동무를 해줄 수 있는 그 마음이 바로 이 세상을 밝게 비추는 촛불의 마음이다.

돈을 주고도
살 수 없는 행복

일본의 마쓰시타 전기의 창업자인 마쓰시타 고노스케는 신입사원을 뽑을 때 반드시 묻는 질문이 있다고 한다.

"당신은 지금까지 운이 좋았다고 생각합니까?"

그는 운이 좋았다고 대답한 사람을 전부 채용했다. 그 이유는 그들이 긍정적인 마음을 지니고 있다고 보았기 때문이다.

지금까지의 삶이 모두 자기의 노력 덕분이라고 생각하는 사람은 결코 운이 좋았다고 말하지 않는다. 그러나 긍정적인 사람은 주변 사람들에게 감사한 마음을 지니고 있기에 겸손하게 행동한다. 마쓰시타 고노스케 사장은 그런 긍정적인 사람이야말로 진정한 인재라

고 판단한 것이다. 자신이 처한 상황을 어떤 관점으로 인식하고 어떻게 받아들이는가에 따라 그 삶도 크게 달라질 수 있다고 믿는다.

2년 전, 어느 중국인의 발레 영상을 보고 눈물을 흘렸던 일이 있다.

왼쪽 다리가 없는 남자와 오른쪽 팔이 없는 여자가 함께 춤을 추는 그 영상은 지금까지도 내 가슴속에 생생한 여운으로 간직되어 있다. 여성은 한때 촉망받는 발레리나였으나 열아홉 살에 교통사고로 오른팔을 잃었다고 한다. 남성은 네 살 때 트랙터에서 떨어져 왼쪽 다리를 잃은 뒤 사이클 선수로 활동하던 장애인이었다.

두 사람이 어떤 인연으로 만나 발레를 같이 추게 되었는지는 모르지만, 내 눈에 그들의 춤은 황홀할 정도로 아름다웠다. 그 어떤 유명 발레단의 모습보다 더 감동적이었다. 음악에 맞춰 두 남녀가 호흡을 이루는 모습을 보면서 그들이 얼마나 피나는 연습을 했을지 가슴으로 느껴질 정도였다. 특히 두 사람의 표정에 드러난 진지함과 한 동작 한 동작 느껴지는 에너지는 세상을 살아갈 힘을 전해주는 듯 강렬했다. 엄청난 시련 속에서도 긍정의 힘으로 다시 일어선 두 사람에게 다시 한 번 진심 어린 박수를 보낸다.

유아교육의 길을 걸어오는 동안 좀 더 넓고 큰 교육기관으로 옮겨보는 게 어떻겠느냐는 제안을 여러 번 받았다. 물론 다른 유아 교육기관을 방문할 때면 여러 면에서 부러웠던 건 사실이다. 단지 우리 원보다 규모가 크거나 원아 수가 많다는 점을 떠나 교육 시스템이 잘 구비되어 있었기 때문이다. 넓은 마당에 놀이터가 있고 꼭대기 층에는 커다란 강당까지 갖춰진 곳을 보면 아이들을 위해 다양한 프로그램을 시도해볼 수 있겠다 싶었다. 특히 학부모 교육을 비롯한 유익한 행사들을 아무 때나 진행할 수 있는 강당이 있다는 건 꽤 좋은 조건이라 할 수 있다.

그러나 나는 내가 지도하는 아이들 곁을 떠나고 싶지 않았다. 물론 재정적인 어려움이나 교육을 진행하는 불편함은 어쩔 수 없다. 강당이 없다 보니 특별행사를 하려면 아이들이 등원하지 않는 토요일에 치러야 하고, 평일에 해야 하는 경우에는 장소를 임대할 수밖에 없다. 그럴 때마다 나는 우리 원이 가진 장점만을 생각하기로 했다.

'우리 원은 바로 뒤에 산이 있어서 아이들에게 자연환경을 체험하게 할 수 있고 가까운 곳에 주민자치센터와 종합사회복지관 강당도 있으니 대관만 하면 부모님들과 만남의 기회도 얼마든지 만들수 있지 않은가.'

내게 부족한 것이 있다고 해서 남을 부러워할 필요는 없다. 그럴수록 내 처지에 대한 불평과 불만이 쌓일 테고 의기소침해질 뿐이다. 그보다는 나의 현실에서 가능한 최선의 방법을 찾아내면 된다. 그러면 오히려 신선한 아이디어를 고안함으로써 단점을 장점으로 만들어버릴 수도 있다.

일을 하는 동안 부족하고 아쉬운 부분은 늘 생기게 마련이다. 그럴 때마다 나는 긍정적인 생각으로 나만의 해결책을 찾아낼 것이다. 그리하여 소신과 열정으로써 현실을 개척해낸 작은 사례들을 쌓아갈 것이다.

이런 나의 신념에 대한 가장 큰 보답은 제자들이다.

어느덧 자라서 초등학생이 되고 중·고등학생이 된 제자들이 방학 때면 잊지 않고 찾아와준다. 군대를 간다고 인사하러 오는 제자도 있고, 강의를 갈 때면 유치원이나 어린이집 교사가 되어 있는 제자를 만나기도 한다. 뿐만 아니라 아이는 이미 대학생이 되어 유학까지 갔는데 나를 잊지 않고 일부러 찾아주는 학부모들도 있다.

돈을 주고도 살 수 없는 행복이라는 건 바로 이런 게 아닐까 싶다.

나는 정말 행복한 사람이다.

사랑받고 자란 아이가
세상을 움직인다

아마 10여 년 전의 일로 기억한다. 한 어머니가 일곱 살짜리 남자 아이를 데리고 입학 상담을 왔다. 아이는 어렸을 때 고열로 뇌수막 염을 앓아 한쪽 뇌에 손상을 입은 장애아였다.

그녀는 떨리는 목소리로 말했다.

"앞으로 초등학교에 입학시키려면 일반 유아 교육기관에서 통합 교육을 받아야 하는데 우리 아이를 받아주는 유치원이 없습니다. 이 어린이집에서 받아주시면 안 되나요?"

그녀의 눈빛은 간절했다. 마치 우리 어린이집이 마지막 희망이라고 말하는 듯했다.

/// 꿈꾸기, 행복의 조건 ///

순간 걱정이 앞섰다. 아이가 잘 적응할 수 있을지, 교사가 힘들어하지는 않을지, 다른 부모들이 이해해줄지……. 그러나 고민도 잠시, 나는 입학을 허락했다.

그녀는 내 손을 꼭 잡고 고개 숙여 진심으로 고맙다고 인사했다.

장애아라고 했지만 겉으로는 멀쩡해 보이는 아이였다. 잘생기고 이야기도 잘했고 똑똑해서 그 어머니의 하소연이 의심스러울 정도였다. 하지만 아이가 입학한 지 얼마 되지 않았을 때 우리는 장애증상을 확인할 수 있었다. 아이가 갑자기 공격적인 행동을 보이는 바람에 도저히 다른 아이들과 어울려 지낼 수 없는 정도였다. 장난감을 집어 던지거나 친구들을 때리는 등 이유 없이 거친 행동을 보일 뿐만 아니라 심할 때는 교사의 얼굴을 때리기까지 했다.

사정이 이렇다 보니 다른 학부모들의 항의전화가 빗발쳤다. 나로서는 그럴 때마다 부모들을 설득하면서 앞으로 더 세심하게 신경 쓰겠다는 약속을 드릴 수밖에 없었다.

하지만 그런 설득도 한두 번이지 아이를 그대로 내버려둘 수는 없었다. 어떤 큰 변화가 필요했다. 나는 교사들과 머리를 맞대고 우리가 할 수 있는 일이 무엇인지 의논했다. 우리의 목적은 말썽을 부리는 아이가 다른 아이들과 친하게 지내도록 하는 것이었다.

의논 끝에 우리는 몇 가지 방침을 정했다.

첫째, 모든 교사가 하루에 한 번씩 아이와 눈을 맞추어 인사하고 안아주기

둘째, 하루에 한 가지씩 칭찬거리를 찾아내어 구체적으로 칭찬하기

셋째, 담임교사는 그날의 생활 중 칭찬할 일을 찾아 다른 친구들 앞에서 칭찬하기

교사들끼리의 이 원칙을 꾸준히 실천하자 아이에게 조금씩 변화가 나타나기 시작했다. 아이의 감정이 갑자기 격해지는 횟수가 줄어들었고 다른 아이들과 사이좋게 어울리는 시간이 늘기 시작한 것이다. 변화는 1년 동안 서서히 진행되었고 결국 문제의 아이는 어린이집에서의 좋은 추억을 간직한 채 무사히 졸업식을 마칠 수 있었다.

졸업식이 치러지던 날 얌전히 앉아 있는 말썽꾸러기의 모습을 보자 가슴속에서 무언가 뜨거운 기운이 솟구쳐 오르더니 눈물이 주르륵 흘렀다.

이후 어린이집 차량을 운행하다 보면 가끔씩 가방을 메고 등교하는 그 아이를 만나곤 했다. 어린이집 차량을 발견한 아이는 '선생님!' 하며 달려와 손을 흔들어준다. 밝게 웃으며 학교에 가는 그 아이 모습을 볼 때면 고맙다는 생각이 절로 들었다. 나를 믿고 내가

116 　　　　　　　　/// 꿈꾸기, 행복의 조건 ///

이끄는 대로 따라준 아이의 순수한 마음이 고맙고 또 고마웠다. 그런 관점에서 볼 때 나는 어린이집에서 아이들을 지도하고 돌보는 입장이지만 사실은 아이들의 사랑을 듬뿍 받고 있는 것 같다.

대개 아이들이 말썽을 피우면 어른들은 '문제가 있다'고 판단하지만 그것은 문제가 아니라 개성일 뿐이다. 아이가 스스로 변화할 때까지 사랑으로 기다려주지 못하는 어른들의 시각이 오히려 문제다. 어른으로부터 사랑을 듬뿍 받고 자란 아이는 다른 사람을 사랑하는 데 주저하지 않는다. 또한 사랑을 베풀 줄 아는 사람만이 세상을 좋게 변화시킬 수 있다.

요즘도 독특한 개성을 지닌 아이들을 만난다. 그 녀석들 때문에 애를 먹을 때도 있지만 전혀 힘들지는 않다. 오히려 '나를 또 얼마나 감동시킬까' 하는 기대에 미소를 짓곤 한다.

낡은 선풍기에 깃든 사연

친정집에는 낡은 선풍기 한 대가 있다. 30년 넘는 세월을 간직한 이 선풍기는 중고가게에서도 찾아보기 어려운 모델로, 요즘의 성능 좋은 선풍기에 비하면 참 보잘 것 없다. 이제는 오래된 물건을 수집 하는 사람들에게나 시선을 받을 골동품이 되어버렸다. 그러나 나에 게는 특별한 추억이 깃든 소중한 물건인지라 최신 선풍기나 에어컨 과도 바꿀 수 없게 되었다.

아버지가 돌아가신 후 어머니는 매일 뒷산을 바라보며 울기만 하 셨다. 그도 그럴 것이 그때 어머니 나이 서른여섯 살이었다. 그 젊은 나이에 어린 4남매를 홀로 키워야 했으니, 아마도 남편을 잃은 슬픔보다 살아갈 일이 더 막막하고 두려웠을 것이다.

나이 어린 우리 4남매도 그런 어머니의 어깨에 실린 무게를 느꼈던 것 같다. 어머니를 위해 공부를 더 열심히 해야겠다고 각오했던 기억이 나는 걸 보면 말이다.

더운 여름날, 우리는 마루에 앉아 땀을 흘리면서 공부를 하고 있었다. 그런데 옆집에 시집 온 새댁 언니가 선풍기를 들고 와서는 시원하게 선풍기 바람을 쐬어주며 말했다.

"덥지? 이 선풍기 틀어놓고 열심히 공부해서 나중에 어머니께 효도해야 한다. 내가 지켜볼 거야."

그 새댁 언니의 배려를 아직도 잊을 수가 없다.

그때 어린 나이였지만 나는 아버지의 빈자리를 크게 느끼고 있었고, 그런 우리 집의 형편을 남들이 어떻게 생각할지 신경이 쓰였기 때문이다. 자아가 강한 나는 아마도 아버지가 안 계시고 가난한 우리 처지를 보고 사람들이 괄시하거나 얕잡아보지는 않을까 걱정했던 것 같다.

그런데 그 새댁 언니가 선풍기를 선물하며 던진 그 한마디에 마음이 훈훈해졌다.

'아, 누군가 우리를 지켜보고 있구나. 열심히 공부하라고 응원해주는 이웃이 있구나!'

하는 생각이 들자 외로움이 가시는 듯했다.

어느덧 세월이 흘러 우리 4남매는 다 자라서 성인이 되었다. 그리고 우리가 결혼식을 올릴 때마다 식장 뒷자리에 홀로 앉아 축하해주는 중년의 여성이 있다. 바로 어릴 적의 선풍기 언니였다. 우리를 지켜보겠다고 했던 그 말대로 그녀는 우리를 죽 지켜봐주었다. 그 선풍기의 약속으로 인해 나는 누군가를 계속 지켜봐주고 응원해준다는 게 얼마나 큰 힘이 되는지 깨닫게 되었다.

'이 세상의 모든 아이들이 행복하게 성장할 수 있도록 돕는 사람.'
이것이 어린이집을 운영하는 동안 내가 지녀온 사명이자 비전이었다.

이런 사명감을 품을 수 있게 된 건 어쩌면 그녀가 보여주었던 관심과 사랑 덕분일지도 모른다. 아이들을 바라보는 따뜻한 눈빛, 관심과 사랑의 말 한마디가 얼마나 소중한 것인지를 그분에게서 처음 배웠기 때문이다.

그래서 매년 여름 친정에 갈 때면 일부러 그 낡은 선풍기를 튼다. 어머니는 이제 새 것으로 바꾸고 싶다고 하지만 그럴 때마다 나는 선풍기를 끌어안으며 "안 돼!" 하고 완강히 저항한다. 그 낡은 선풍기는 내게 따뜻한 관심과 배려를 떠올리게 하는 소중한 보물과 같다.

따뜻한 나눔의 필수조건은 물질이 아니라 마음이다. 따뜻한 마음이 담겨 있다면 아무리 작은 나눔일지라도 큰 힘이 될 수 있다. 그

/// 꿈꾸기, 행복의 조건 ///

작은 사랑은 한 사람의 인생을 바꿀 수도 있고 세계를 움직일 수도 있는 것이다. 그 사랑의 힘을 아이들이 깨달을 수 있도록 힘껏 돕고 싶다.

내 가슴속에
살아 있는 그녀

1998년 2월, 그녀를 처음 만난 날을 기억한다.

신입교사 면접을 보기 위해 그녀가 문을 열고 들어왔다. 요즘 말하는 미녀는 아니었지만 얼굴이 하얗고 인상이 따뜻했다. 나는 그녀에게 물었다.

"교사의 길을 선택한 이유가 뭐예요?"

그녀는 하얀 이를 드러내며 말했다.

"아이들을 참 좋아해요. 아이들과 있으면 행복하거든요."

그 한마디가 마음에 들어 함께 일하기로 결정했다. 내 예상대로 그녀는 아이들을 사랑으로 지도했다. 그녀의 교실에서는 하루 종

/// 꿈꾸기, 행복의 조건 ///

일 아이들의 웃음소리가 끊이지 않았다. 다음 날의 수업준비를 하면서도 늘 웃음을 잃지 않는 그녀를 볼 때면 좋은 교사를 뽑아서 다행이라 여겼다.

그런 기쁨도 잠시, 그 해 6월 놀라운 소식을 듣게 되었다.

"원장 선생님, 요즘 몸이 안 좋아서 병원에 갔더니 유방암인 것 같다고 해요. 큰 병원에 가서 정밀검사를 받아야 할 것 같아요."

나는 깜짝 놀라고 말았다.

"정말 죄송하지만 일주일만 시간을 내주시면 정밀검사를 마친 뒤에 출근하겠습니다."

그녀는 자신의 건강보다 교사로서 직분을 다하지 못하는 것을 더 안타까워하는 듯했다. 걱정이 되긴 했지만 병원에서 오진한 것일지도 모르니 너무 걱정 말라고 위로하면서 잘 다녀오라고 했다.

얼마 후 그녀의 부모로부터 전화가 왔다. 결국 그녀의 병이 유방암 말기로 판명되어 병원에 입원했다는 소식이었다. 초기도 아니고 말기라니! 안타까운 마음을 안고 병원으로 문안을 갔다. 힘없이 병상에 누워 있는 그녀의 얼굴을 마주하니 가슴이 무너져내리는 것 같았다.

"원장 선생님, 죄송해요. 저희 반 아이들 어떡해요. 아이들한테 너무 미안해요."

첫 마디부터 아이들 걱정이었다.

"얼른 퇴원해서 아이들 만나러 갈게요."

/// 꿈꾸기, 행복의 조건 ///

그녀의 눈물을 뒤로 하고 돌아오는 길에 내 눈에서는 하염없이 눈물이 흘러내렸다.

그녀의 공백을 채울 다른 교사를 채용한 뒤에도 그녀가 가르쳤던 아이들은 여전히 선생님을 그리워했다. 원래 사랑하는 사람은 곁에 있을 때는 그 소중함을 모르지만 그 자리가 비었을 때 비로소 깨닫게 되듯이 아이들은 선생님이 빨리 돌아오기를 기다리고 있었다.

그 해 겨울 원장실 문이 열리면서 낯익은 목소리가 들렸다.

"원장 선생님, 저 퇴원했어요."

하얀 털모자를 쓰고 환하게 웃고 있는 사람은 바로 그녀였다. 아이들에게 주고 싶었는지 양 손에 귤이 가득 담긴 검정 비닐봉지가 들려 있었다. 아이들은 선생님이 오셨다며 이리 뛰고 저리 뛰면서 안기고 어리광을 피웠다. 그 반가워하는 모습을 보니 가슴이 뭉클했다. 그녀도 아이들을 보면서 세상을 다 얻은 듯 행복해 보였다.

"선생님 얼른 나아서 너희들 만나러 다시 올게."

그날이 그녀와의 마지막이 될 줄이야……

그 후 얼마 지나지 않아 그녀가 하나님의 품으로 떠났다는 소식이 들렸다. 누구보다 아이들을 사랑했던 그녀였기에 슬픔보다 속상함이 더 컸다. 그렇게도 다정하고 따뜻했던 사람인데……. 이제 그녀는 이 세상에 없지만 아이들을 진심으로 사랑하고 끝까지 교사로서의 책임을 잃지 않았던 그 모습은 지금도 내 가슴에 남아 있다.

훌륭한 교사는 잘 가르치는 사람이 아니라 아이들을 사랑하는 사람이라는 사실을 새삼 가슴에 새기게 해준 그녀였다.

간혹 일이 힘들어서 포기할까 하는 마음이 들 때면 그녀의 얼굴을 떠올린다. 그리고 스스로에게 이렇게 말한다.

'나한테는 사랑하는 예쁜어린이집 아이들이 있잖아. 힘을 내자, 김영란!'

세상은 혼자서는 살 수 없는 공동체 사회다

많은 교사들이 예쁜어린이집에서 희로애락을 함께해주었다. 그 중에 기억에 남는 한 교사가 있다.

그녀는 원장인 나보다 나이가 많았지만 2년 동안 늘 겸손하고 성실했다. 그러던 중 이사를 하게 되어 아쉽게도 이듬해 2월 말에 퇴사를 할 수밖에 없게 되었다. 그런데 그녀가 나를 찾아와 고민을 털어놓았다.

"원장님, 제가 나이도 많고 해서 보육교사보다는 보육정보센터에서 영아보육 전문가로 일해보고 싶어서 면접을 봤어요. 다행히도 합격을 했는데 신년 1월부터 출근하라고 하네요. 저희 반 아이들이

2월 말에 수료하니까 3월부터 출근할 수 있도록 양해를 부탁했는데 안 된다고 하네요. 어떻게 하면 좋을까요?"

갑작스런 상황에 당황한 나는 어찌할 바를 몰랐다. 교사의 미래를 생각하면 사정을 봐주고 싶지만 그동안 담임선생님을 의지하며 지냈던 아이들을 생각하면 차마 허락할 수 없는 일이었다. 더군다나 새 교사를 채용하기에는 시간이 너무 빠듯한 상황이었다.

결국 나는 아이들을 우선순위에 두기로 했고, 이기적인 원장이 되기로 했다.

"선생님의 미래를 생각하면 참 안타까운 일이지만 아이들을 생각한다면 2월 말까지는 유종의 미를 거둬야 하지 않을까요? 선생님, 기회는 앞으로도 있다고 생각해요."

그녀는 내 생각을 이해해주었고, 2월 말 수료식 때까지 아이들과 함께해주었다.

지금 생각하면 그녀에게 참으로 고맙다. 자신의 이익보다 다른 사람들을 먼저 생각해준 그녀와 같은 교사들이 있었기에 예쁜어린이집도 지금까지 성장할 수 있었다고 생각한다.

그 밖에도 숱한 교사들이 예쁜어린이집에서 동고동락해주었다.

부지런하여 지각을 한 번도 하지 않고 항상 일찍 출근했던 교사,

컴퓨터를 워낙 잘 다뤄서 어떤 문서나 프레젠테이션도 뚝딱 만들었던 교사,

항상 예의 바르고 상냥하여 부모님들께 인기가 많았던 교사,

업무 처리가 뛰어나 한 번 논의된 일은 바로 실천했던 교사,

노래와 춤에 재능이 있어서 톡톡 튀는 아이디어로 발표회를 잘 이끌었던 교사,

리더십이 있어서 중간 관리자 역할을 잘했던 교사……

여러 교사들이 자신의 개성과 장점을 살려 열심히 노력해주었고, 서로의 단점을 감싸주며 자기 일처럼 도와준 덕분에 오늘의 예쁜어린이집을 꾸려올 수 있었다.

이 세상 그 누구도 혼자서는 살아갈 수 없다.

우리 모두는 독특하고 개성이 있지만 함께 모이면 훌륭한 공동체가 될 수 있다.

영화나 드라마에 주연과 조연이 있지만 그들 모두가 조화를 이루어야 좋은 작품이 완성되듯이 우리의 삶도 마찬가지다. 어떤 조직이나 단체가 좋은 성과를 올려 발전하기 위해서는 주연과 조연의 역할을 가리지 않고 각자의 자리에서 충실해야 한다.

때로는 주연보다 조연이 더 인기가 있는 경우도 있다. 더군다나 한 번 주연이 영원한 주연이 아니듯 한 번 조연이 영원한 조연인 것도 아니다. 자신의 개성에 따라 주연이 되기도 하고 조연이 되기도 하는 법이다.

20년간 예쁜어린이집이 조금씩 성장할 수 있었던 것도 마찬가지

/// 꿈꾸기, 행복의 조건 ///

다. 나 혼자의 힘으로는 결코 해낼 수 없는 과정이었고, 여러 훌륭한 교사들이 각자 자신의 자리에서 최선을 다해주었기에 가능했다. 적극적인 후원을 아끼지 않았던 학부모들도 소중한 역할을 해주었다. 그런 의미에서는 모두가 주인공이다.

5장

이렇게 멋진 미래가 기다리고 있다니

: 나의 미래 일기

영란이의
Vision 게시판

우리 집 거실에는 '영란이의 Vision'이라는 빛바랜 비전 게시판이 걸려 있다.

2007년. 그러니까 내 나이 39세 때 만든 것으로, 미래의 내 모습을 설계해놓은 것이다. 그 내용을 좀 더 구체적으로 표현하기 위해 잡지책 등을 이용해 실제 사진을 오려 붙이곤 했다. 비전 게시판의 내용은 대충 이러하다.

• 나는 어떤 사람인가 : 꽃바구니에 한가득 담긴 빨간색 꽃처럼 열정적인 사람이며, 추운 겨울 얼음 속에서도 피어나는

/// 꿈꾸기, 행복의 조건 ///

한 송이 꽃처럼 강인한 사람이다.

- 꼭 이루고 싶은 것 : 예쁜어린이집 아이들이 마음껏 뛰어놀 수 있는 놀이터 만들어주기, 유아교육 전문가가 되어 강사로 활동하기, 행복이 가득한 우리 집 장만하기, 일주일에 책 한 권씩 읽기, 1년에 한 번 다른 나라 여행하기, 아무리 힘들고 어려운 일이 있어도 매일 웃기, 꾸준한 운동으로 몸무게 55킬로그램 유지하기, 스포츠카 타보기…….

- 앞으로 나는 어떤 사람으로 살고 싶은가 : 작은 나눔 하나로 더 따뜻해지는 세상을 만드는 나. (어둠을 탓하기보다는 한 자루의 촛불 되기, 이 세상 아이들이 행복하게 성장하도록 돕기)

이 비전 게시판을 만들어 걸어두고는 아침저녁으로 출퇴근할 때마다 들여다보고 잠들기 전에도 보았다. 이렇게 하루에 세 번 이상을 들여다볼 때마다 꿈을 이룬 나의 모습을 상상했다. 그러다 보니저절로 하루하루의 일상이 꿈을 이루기 위한 과정으로 느껴졌고, 열심히 노력하는 자세가 되었다.

그 결과는 놀라웠다.

실제로 우리 어린이집 아이들에게 놀이터를 마련해줄 수 있게 되었고, 비록 융자를 보태기는 했지만 내 집도 마련했다. 게다가 지금은 유아교육에 관련한 강의도 끊임없이 하고 있다.

일주일에 책 한 권씩 읽기, 1년에 한 번 다른 나라 여행하기, 매일 웃기, 작은 나눔 실천하기 등도 꾸준히 실천하고 있다.

아직 이루지 못한 것이 있다면 몸무게를 유지하는 것으로, 가끔씩 실천되지 않는다. 또 아직까지 스포츠카는 타보지 못했다.

그러나 꿈은 이루라고 있는 것. 아직 이루지 못한 꿈을 향해 또 새로운 꿈을 향해 계속 전진할 것이다.

2012년 우연히 이지성 작가의《꿈꾸는 다락방》이라는 책을 읽게 되었다. 그 책에서 작가는 "생생하게 꿈꾸면 이루어진다"고 말하고 있었다. 자신의 꿈을 글로, 소리로, 사진으로, 동영상으로 표현하고 생생하게 꿈을 꾸라고 말이다.

난 이미 '생생한 꿈꾸기'를 시도했고, 지금 그 꿈을 이루어가고 있는 중이다.

내 마음의 캔버스에는 그릴 그림이 아직도 많이 남아 있다.

내가 가진 열정을 다해 하나하나 그림을 그려 나갈 것이며, 꿈을 현실로 만들 것이다.

영어회화를 정복하다
- 2018년 7월 5일 목요일

이제 영어 프리토킹이 가능해졌다.

영어회화를 능숙하게 하고 싶다는 욕망은 늘 갖고 있었지만 생각에만 그치고 공부를 등한히 했었다. 맘먹고 다시 시도했다가도 중간에 다른 공부를 시작하게 되거나 바쁜 일이 생기면 자꾸 뒤로 미루곤 했다. 그런 과정을 얼마나 많이 반복했는지……

몇 년 전 《생산적인 삶을 위한 자기발전노트 50》이라는 책을 읽었다. 그 책에서 영어 잘하는 비결 세 가지가 소개되었다.

첫째, 하루에 한 시간 이상 반드시 청취하라.

최소한 일 년 이상, 하루도 거르지 않고 반복하여 영어를 청취하라는 것이다.

둘째, 영화를 이용하라.

좋아하는 영화 중에서 제일 쉬운 영화를 골라서 자막을 없애고 수십 번 보라고 하였다. 그리고 대화가 귀에 익었을 즈음 문장을 글로 써보라는 것이다.

셋째, 두려움을 없애라.

외국인을 두려워 말고 친구로 사귀거나 학원을 다녀서라도 두려움을 없애라고 충고한다.

그 후 나는 이 방법을 실행에 옮겼고, 꾸준히 실천하고 있다.

오늘 아침에도 어학원에서 외국인과 영어로 대화를 나누었다.

요즘 어린이집에서도 아이들과 영어 대화를 나누려고 시도 중이다. 내가 영어로 말을 건네면 두려움 없이 바로 영어로 대답하는 걸 보면 태도는 아이들이 나보다 나은 것 같다. 아이들의 학습력은 스펀지와 같다더니 영어시간에 공부하는 내용을 잘 받아들이는 것 같다. 아이들이 일상생활에서 자연스럽게 영어로 말할 수 있도록 자주 기회를 제공해주어야겠다.

이제 자유여행도 가능할 것 같다.

그동안은 여행사에 의존하여 여행을 다녔는데, 여행사의 패키지 여행은 아무래도 짧은 기간에 너무 많은 곳을 둘러보는 스케줄이라서 피곤하다. 아름다운 장면을 제대로 감상하고 싶어도 너무 일정

/// 꿈꾸기, 행복의 조건 ///

이 빡빡해서 아쉬웠는데 이제는 여행 일정을 내 맘대로 짜서 여유롭게 여행다운 여행을 해볼 생각이다.

여행지를 돌아다니는 나를 상상하니 벌써부터 마음이 설렌다.

나음 날 휴가는 남편과 미국에 다녀와야겠다.

독자에서 저자로
−2020년 4월 3일 금요일

오늘 나의 새로운 책이 출간되었다.

이번 책은 영유아기 자녀를 둔 부모들을 위한 책이다.

육아와 일을 병행하는 워킹맘들은 특히 책 읽을 짬을 내기가 너무
힘들다고 한다. 그런 부모들을 위해 가볍게 읽을 수 있는 육아교육
서를 냈는데, 부디 많은 부모들이 부담 없이 편안하게 읽어주기를
기대해본다.

나 역시 30대 중반까지는 책을 읽지 않았다.

기껏해야 1년에 5~6권 정도.

그것도 직업상 유아교육에 관련하여 꼭 읽어야 하는 책을 읽었을 뿐이다.

해야 할 일도 많고 피곤했기 때문에 독서할 여유가 없었다. 지금 생각해보면 핑계에 지나지 않는다. 책을 읽는다는 건 단순한 지식의 함양을 넘어 현실의 급급한 마음을 벗어나게 할 뿐만 아니라 더 고귀한 정신세계로 끌어올려주는 행위이기 때문이다.

"책을 읽으면 운명이 바뀝니다."

"성공하고 싶으면 책을 읽으세요."

"책 속에 진리가 있습니다."

"자녀가 성공하길 원한다면 책 읽는 모습을 보여주세요."

"독서 습관이 성공 습관입니다."

예전에는 이런 말들도 별로 가슴에 와 닿지 않았다. 전쟁을 치르듯 생활전선에서 바쁘게 살다 보니 독서는 여유가 있는 사람들의 취미생활이라고 받아들인 것 같다. 그런데 어느 날 어떤 계기로 인해 생각이 바뀌게 되었다. 그 계기는 바로 이지성 작가의 《꿈꾸는 다락방》와 《독서 천재가 된 홍대리》라는 책이었다. 이 책들을 읽고 난 후 더 넓고 깊은 인생을 살려면 독서를 해야겠다고 생각한 것이다. 그때부터 퇴근 후에는 TV 드라마 대신 책을 읽기 시작했다. 외출할 때 가방에는 늘 책을 한 권씩 넣어가지고 다녔다. 사람을 만나러 가거나 장소를 이동할 때마다 짬짬이 책을 읽었다.

그렇게 독서에 취미를 붙이면서부터 새로운 깨달음이 쌓이기 시작했고, 그것들로 인해 삶에 대해 더 큰 열정을 갖게 되었다. 글을 쓰겠다는 꿈을 갖게 된 것이다.

예쁜어린이집 20주년 기념행사 때 첫 책을 출간할 수 있었던 것도 그 열정 덕분이었다.

그 당시 글쓰기에 대한 열정에 기름을 부어주신 여러 분들이 있다.

안상헌 작가님, 유아행복연구소 고선해 소장님, 이선자, 김명은, 정영혜, 김한송 원장님, 그리고 우리 어린이집의 교사들. 이분들의 응원이 없었다면 나의 첫 번째 책은 쉽게 탄생되지 못했을 것이다.

이번에 출간된 책도 부디 많은 부모들에게 도움이 되기를 바란다. 이 세상 아이들의 행복한 미래를 위해⋯⋯.

어머니를 위한 가족여행
-2022년 10월 27일 목요일

오늘은 친정어머니이신 강정숙 여사님의 80번째 생신날이다.

우리 4남매가 오래 전부터 계획했던 가족여행이 오늘부터 시작되었다. 대형 리무진 버스를 대절하여 일주일간 전국 일주를 하기로 했던 계획이었다.

엄마, 4남매 부부들, 아이들 그리고 우리 남매의 손자손녀까지 모두 함께했다.

온 가족이 엄마를 모시고 여행한 것은 오늘이 처음이다.

다들 각자 바쁘게 살면서 아이들 공부시키느라 여행 한 번 제대로 함께하지 못했었다.

우리 4남매를 위해 지금까지 44년간 홀로 고생하신 엄마를 생각하면 그 은혜를 어떻게 다 갚아야 할지…….

이번 여행도 엄마는 극구 사양하셨다.

"다들 바쁠 텐데 무슨 여행이냐. 돈도 많이 들어갈 텐데. 그냥 식구들끼리 밥 한 끼 먹으면 되지……."

평생 검소하게 살아오신 엄마는 지금도 자식들 돈쓰는 걸 걱정하신다.

10여 년 전 엄마가 하셨던 말씀이 지금도 사무친다.

"엄마, 저 이번에 교사들이랑 제주도 가기로 했어요."

"그래, 젊었을 때 많이 놀러 다녀라. 나이 먹고 기운 없으면 놀러도 못 가. 난 너희 아버지 돌아가시고 너희들 클 때까지는 꽃구경 한번 가보지 못했다."

"왜, 가시지 그러셨어요?"

나는 생각 없이 툭하고 말을 내뱉었다.

"소를 키워야 우리 식구 먹고 사는데 너희들은 어려서 여물을 끓일 수가 없잖니. 돈도 없었다. 우리 집 앞마당에서 마을회관을 내려다보고 있으면 동네 사람들을 태운 관광버스가 지나가는 게 보였는데, 그때 꽃구경가는 사람들이 얼마나 부럽던지……."

목이 메어 말을 잇지 못하시는 엄마를 보고 나 또한 눈물을 흘렸던 게 기억난다.

이 세상의 엄마들은 위대하다.

어떤 영웅보다도 강하고 위대하신 분이 '엄마'라는 존재다.

젊은 나이에 꽃구경 한번 못 가신 우리 엄마를 위한 이번 여행에서 이 한 몸 푼수가 되어 즐겁게 해드려야겠다.

엄마! 정말 사랑합니다.

아프리카의
결연아동에게 보내는 편지
-2025년 5월 23일 금요일

　내가 결연을 맺은 아프리카 아이들에게 편지를 썼다.

　아이들 한 명 한 명의 얼굴을 떠올리며 들려주고 싶은 이야기들을 정성스럽게 적었다.

　그다음엔 내가 원에서 아이들과 함께 있는 사진도 함께 보내주었다. 내 얼굴을 보고 그 아이들이 어떻게 생각할지…….

　편지를 받고 기뻐할 아이들 모습을 떠올리니 내 마음도 기쁘다.

　첫 번째 아이와 결연을 맺은 것은 2012년이다.

　그 후 꾸준히 후원을 이어오고 있다. 지금은 10명의 아이와 1:1

결연을 맺고 있는 중이다. 처음 후원을 시작한 것은 어린이집에서 '배려와 나눔'이라는 주제로 프로젝트 수업을 진행하면서부터였다.

그때 수업을 진행하면서 나는 우리나라에서 태어났다는 것에 진심으로 감사함을 느꼈다.

자신의 의지와는 상관없이 아프리카에서 태어난 아이들.

열악한 환경 속에서 생활하는 그 어린 아이들을 돕고 싶다는 생각이 들었다. 우리나라 돈으로 3만 원이면 그 아이들이 한 달간 생활할 수 있다고 한다.

점점 후원하는 사람들이 늘어나고 있다고 하니 정말 다행이다.

2012년 우리 원에 다녔던 다은이의 어머니가 생각난다.

'사랑, 나눔 페스티벌'이라는 부모 참여수업이 끝난 후 어머니께서 이런 말씀을 하셨다.

"원장님, 다은이 이름으로 한 명의 아프리카 아이를 후원하려고 하는데 어떻게 하면 될까요? 나중에 다은이가 커서 사회생활을 하게 되면 그때부터는 다은이가 책임지겠죠!"

아이 키우느라 빠듯한 살림이었을 텐데 참 마음이 넉넉한 분이셨다. 어머니께 후원할 수 있는 단체를 소개해드리자 왠지 뿌듯했다. 내가 느낀 보람을 공유할 사람이 한 명 더 늘었다는 생각에 가슴이 따뜻해진 느낌이었다.

작은 나눔을 실천하셨던 다은이 어머니와 다은이가 오늘따라 궁

금해진다. 아마 잘 지내고 계시겠지.

 내 편지를 받은 아이들의 답장이 언제쯤 도착할지 기다려진다.
 아이들도 이번엔 자신들의 사진을 붙여올까. 그동안 많이 컸을
아이들 모습이 보고 싶다.

_____

_____

_____

예쁜 인연
-2027년 10월 28일 토요일

오늘 모 대학에 특강을 하러 간 자리에서 오진아 교수를 만났다. 나의 다음 강의를 맡은 사람이 바로 오진아 교수였던 것이다.

"어머, 원장님!" 하며 반가워하는 그녀를 보니 우리가 함께해온 시절들이 주마등처럼 스쳐 지나갔다.

우리는 남산의 식당에서 저녁식사를 하면서 이런저런 근황을 주고받았다. 그러다가 이야기는 저절로 우리가 함께했던 시절로 돌아갔다. 그녀와 나는 예쁜어린이집에서 오랫동안 함께 일했다. 그녀는 평교사로 입사하여 주임교사, 원감, 부원장을 거치는 동안 계속 공부를 하여 당당히 교수가 되었고, 지금은 대학 강단에서 후학을

양성하고 있다.

그녀는 늘 긍정적이고 열정적인 사람이다.

힘든 일이 주어져도 기왕이면 즐기겠다는 마음으로 맡았고, 그래서 늘 행복해 보였다.

그런 그녀에게 받은 도움이 한두 가지가 아니다. 특히 컴퓨터를 잘 다루는 그녀 덕분에 컴퓨터 작업을 할 때마다 신세를 많이 지곤 했다. 이제는 나도 웬만한 프로그램들을 잘 다룰 수 있게 되었지만 맡은 일들을 척척 해치우는 그녀가 있어 참 든든했던 기억이 있다.

그녀와 이야기를 나누던 중 갑자기 10여 년 전의 일이 떠올랐다.

그 당시 7세반을 맡고 있던 그녀는 이런 말을 했다.

"원장님, 강훈이 어머님이 암 수술을 받으셔야 한대요. 아직 젊으신데…… 마음이 아파요. 그런데 병원에 입원해 있는 동안 강훈이를 돌봐줄 사람이 없다고 하네요. 제 집에서 돌보면서 같이 출퇴근하면 안 될까요?"

나는 '젊은 사람치고 마음 씀씀이가 깊구나' 하는 생각과 함께 그녀의 따뜻한 마음에 감동을 받고 말았다. 그녀의 행동은 누가 시킨 것이 아니라 진심에서 우러나온 행동이었기에 더욱 고마웠다.

그렇게 그녀는 일주일 동안 강훈이를 돌봐주었다.

다행히 강훈이 어머니의 수술은 성공적이었고 항암 치료도 결과가 좋았다. 얼마 전에는 완전히 암을 퇴치했다는 소식이 들려왔다.

오랜 시간 유아교육을 하면서 참 많은 사람들을 만났다.

그 중에서도 그녀는 참으로 소중한 사람으로 남아 있다.

그녀가 이 나라의 유아교육에 큰 대들보 역할을 하리라 믿어 의심치 않는다. 앞으로도 그녀가 승승장구하길 바란다.

나의 교육철학이 결실을 맺다
-2030년 10월 9일 수요일

　TV 뉴스를 시청하던 중 낯익은 얼굴이 보였다.

　'창의적인 아이디어로 세계인을 깜짝 놀라게 한 자랑스러운 한
국인'으로 인터뷰를 하는 그 청년을 본 순간 나는 깜짝 놀라고 말았
다. 생각해보니 10여 년 전 내가 가르쳤던 제자가 아닌가.

　어린이집을 거쳐간 수많은 제자들 중에 유독 그 친구를 기억해낼
수 있었던 건 워낙에 엉뚱했기 때문이다. 한 가지에 몰두할 때면 바
지에 소변을 실수하는 것조차 느끼지 못할 정도로 집중력이 뛰어났
다. 자기 생각에 파묻혀 있을 때면 대화를 할 때도 동문서답을 하곤
했다. 그래서 그 아이는 교사들 사이에서 '4차원'이라는 별명으로

불렀다.

그런 행동은 자칫 문제아로 치부될 수도 있었지만 다행히도 우리 어린이집에서는 특별한 재능을 지닌 아이로 인정되었다. 그런 녀석이 저토록 훌륭한 인재로 성장하다니…….

참으로 뿌듯한 감동이 밀려들었다.

"그런 창의적인 생각을 하게 된 비결이 뭡니까?"

인터뷰 기자가 물었다.

"어린이집 다닐 때 원장 선생님과 선생님들이 칭찬을 많이 해주셨습니다. '어쩜 그런 생각을 했니? 재미있는 상상이구나. 그건 너만의 특별한 재능이란다'라고 인정해주셨죠. 그때부터 자신감을 갖게 된 것 같아요. 나만의 새로운 생각, 남들과 다른 아이디어를 발굴하는 일이 취미가 되어버렸죠."

그 친구의 입에서 뜻밖의 대답을 듣는 순간, 새삼 감격스러웠다.

40년 넘게 유아교육에 전념하면서 다양한 부모님들을 만났다.

왜 한글을 빨리 안 가르치느냐, 숙제는 왜 안 내주느냐, 받아쓰기는 안 하냐, 숫자는 언제 깨우치느냐, 구구단도 가르쳐달라, 1학년 과정을 모두 선행학습하고 졸업했으면 좋겠다…….

부모들의 욕심을 이해하기에 유아기의 발달 상황에 맞지 않는 학습이 왜 좋지 않은지를 열심히 설명해야 했다. 더불어 쉽지는 않았지만 내가 지닌 교육철학을 이해시키려 애를 써왔다.

그동안 나는 아이들의 장점을 찾아주려고 노력했다. 특히 유아기의 아이들은 무한한 가능성을 지니고 있기에 더욱 한 명 한 명의 재능을 찾아주고 그 길을 열어주고자 했다. 지금 돌아보면 획일적인 교육이 되지 않도록 늘 경계하며 운영해온 철학이 옳았다고 믿는다.

이제 내 나이 62세. 하지만 아직도 내게는 40대의 열정을 지니고 있다. 우리 원뿐만 아니라 전 세계 아이들이 더욱 행복하게 성장하도록 끊임없이 노력할 것이다.

멋진 노후의 삶
-2032년 7월 22일 목요일

　　영희 언니의 생일을 맞아 오랜만에 뮤지컬 공연을 관람했다. 일행은 영희 언니 부부, 소장님과 신 대표님 부부 그리고 우리 부부다.

　　이 세 부부가 한 곳에 모여 산 지 벌써 1년이 다 되어간다.

　　10년 전 맘에 맞는 사람들끼리 노후를 함께 보내자는 제안이 있었고, 이에 동의한 우리는 경기도 외곽에 새 집을 지어 1년 전에 이곳으로 옮겨왔다.

　　집은 둥글게 마주 보도록 설계를 했다. 중앙의 넓은 마당에는 공동의 커뮤니티 공간을 마련했다. 이곳에서 우리는 함께 요리해서 먹기도 하고 천기토(天氣土) 찜질방에서 사우나를 즐기기도 한다.

2층에는 영화를 관람하거나 음악회를 열 수 있도록 방음시설이 된 공간도 마련해두었다.

소장님과 신 대표님 부부는 이미 익산에 터전을 마련했기 때문에 합류하기 어렵다고 했지만 최연소 판사로 임명된 딸 수아를 위해 경기도로 이사하게 되면서 세 가구로 구성되었다.

오랜 시간 같은 일을 하면서 동고동락했던 사이라 그런지 우리는 마음이 잘 통한다. 가끔 유아교육에 관한 이야기를 나눌 때면 열띤 토론의 장이 벌어지기도 한다.

소장님은 꾸준한 집필 활동을 통해 노익장을 과시하고 있으며 TV에도 출연하며 바쁘게 지내는 편이다. 영희 언니는 딸에게 유치원 경영을 맡기고 지금은 대학에 석좌교수로 있다. 나는 여전히 어린이집을 경영하면서 대학 강의와 전국의 학부모, 원장, 교사, 직장인, 청소년들을 대상으로 하는 동기부여 강의를 펼치고 있다.

유아교육에 기여하고 싶은 우리는 '놀이와 체험으로 창의력을 키워주는 드림창의센터'를 설립하여 현재 성황리에 운영 중이다. 창의센터 경영은 형부와 신 대표님 그리고 남편이 공동으로 맡고 있다. 원장이나 교사 그리고 그들의 가족에 관한 프로젝트는 형부가, 유아 교육기관의 학부모에 관한 프로젝트는 신 대표님이, 영유아에 관한 프로젝트는 남편이 맡아서 기획하고 운영하고 있다.

트리플 A형들이 모여 창의센터를 잘 경영해내는 게 참 의아스럽다. 그러나 서로의 성격과 장단점을 잘 알고 있기에 별 문제가 발생하지 않는 것 같다.

품안에 있을 때나 자식이라고 했던가.

자식들은 같이 살자고 애원했지만 우리가 싫다고 거절했다. 다들 제 짝을 찾아 잘 살고 있는데 자식에게 짐이 되고 싶지 않았기 때문이다. 그래야 자식도 부모도 각자의 삶을 더 의미 있고 즐겁게 만들 수 있다고 생각한다.

평일에는 각자의 일을 하느라 바쁘지만 아침마다 함께 공원을 산책하는 일과는 빼먹지 않는다. 주말에는 함께 모여 영화도 보고 악기 합주 연습도 하면서 보낸다.

거의 매주 손님들이 찾아오기 때문에 시끌벅적하지만 사람들과 어울리는 걸 좋아하는 우리는 항상 새로운 에너지를 얻는다.

앞으로도 서로를 의지하며 행복하게 살고 싶다.

특별한 나의 칠순 기념
-2038년 6월 25일 금요일

나의 칠순을 기념하여 조촐한 행사를 하게 되었다. 그러나 여느
칠순잔치와는 다른 개념의 행사였다.

우선 한 개의 홀에는 그동안 내가 써왔던 감사 일기장과 앨범들,
다이어리들을 진열했다. 취미생활로 그린 크고 작은 수채화 그림들
도 몇 점 전시하기로 했다.

그림은 나이 50이 넘어 시작한 취미활동으로, 수채화의 매력에
푹 빠져 살다 보니 꽤 실력이 늘었다. 회화는 고등학교 시절부터 동
경해왔던 분야인지라 더욱 감회가 새롭다.

수채화 그림만 보고 있으면 내 마음이 편안해진다.

/// 꿈꾸기, 행복의 조건 ///

내 고향 양상동의 가을 들녘을 거닐고 있는 느낌이 든다.

칠순잔치에 참석한 지인들은 그림에 소질이 있는 줄 몰랐다며 깜짝 놀란다. 그저 취미로 그린 수채화일 뿐인데 화가 뺨치는 수준이라며 칭찬을 해주니 부끄럽고도 기쁘다.

내가 살아온 역사가 그대로 묻어 있는 감사 일기장과 다이어리, 앨범들에 대해서도 평가가 좋았다. 하루하루 치열하게 살아온 흔적을 엿볼 수 있다면서 많은 사람들에게 귀감이 되는 생활이라고 말해주었다. 누군가는 그 꼼꼼한 성격은 아직 그대로라며 이젠 좀 편안하게 살라고 나무란다. 그러나 타고난 성격이 어디 가겠는가…….

초대한 사람들에게 내 인생의 전시장을 소개하다 보니 '70년 인생, 참 의미 있고 보람 있었구나' 하는 마음에 눈물이 나기도 했다.

엄마가 1년만 더 살아 계셨다면 얼마나 좋아하셨을까…….

옆방에서는 나의 제자들이 축하 공연을 해주었다.

특별한 이벤트를 좋아하는 나를 위해 깜짝 놀랄 만한 공연을 준비한 것이다. 요즘 최고의 인기를 누리고 있는 가수 김우창 군도 바쁜 일정을 미루고 특별히 와주었다. 어린이집 다닐 때부터 노래도 잘하고 춤도 잘 추더니 결국 멋진 가수가 되어 나타났다.

현재 예쁜어린이집에 다니는 우리 아이들의 공연도 볼만했다. 역시 역사와 전통을 자랑하는 예쁜의 아이들답게 훌륭한 공연이었다.

공연을 마치고 나를 향해 큰절을 하는 아이들을 보며 주책없이 눈물이 흘렀다.

마지막 피날레는 나의 공연으로 마무리되었다.

그동안 틈날 때마다 배웠던 드럼과 기타 연주를 선보였고 노래와 신나는 댄스 공연도 했다. 그야말로 열광의 도가니였다. 어느 가수의 콘서트가 이토록 열정적일까……

일기를 쓰고 있는 이 순간에도 가슴이 벅차오른다.

젊었을 때부터 꿈꾸었던 공연을 나이 칠순에 이루다니 정말 감개무량하다.

나의 칠순을 축하해주기 위해 먼 길 마다하지 않고 참석해준 많은 분들께도 감사하다.

앞으로 10년 후, 팔순잔치에도 공연은 계속될 것이다.